ZONE D'OMBRES

Du même auteur

Pour adultes :

- Entrez
- Le résident
- Sutures
- Morrefaction
- Les cendreux
- Oxana
- Le souffle des ténèbres
- Hellting Pot

Jeunesse :

- Mylia, l'apprentie sorcière
- Le cinéma hanté
- Cox Innel
- Petites histoires à faire peur
- Le maudit

Frédéric Livyns

Zone d'ombres

ISBN : 9798378722303

Juin 2023

Site Internet : www.livyns-frederic.com

Maquette de couverture : Christophe Huet.

Le manoir Winsart

– T'es pas cap' !

Ces mots de défi enfantins résonnèrent à mes oreilles. Piqué au vif, je relevai stupidement le pari. Je vis alors dans le regard de mes amis, particulièrement dans celui du gros Bertrand qui m'avait provoqué, une lueur de surprise. À ce moment, je me sentis plus fort qu'eux. Qu'eux tous réunis. Vous auriez pu les additionner, les multiplier, les accroître dans tous les sens que vous vouliez, je valais mieux qu'eux en cet instant précis. Tout simplement parce que je m'apprêtais à faire une chose qu'aucun d'entre eux, malgré leurs airs bravaches de caïds en culottes courtes, n'aurait osé faire. J'allais passer une nuit complète dans la vieille demeure Winsart.

– Tu déconnes ? Glissa le petit Serge en jetant un coup d'œil furtif vers la porte d'entrée entrouverte de l'immense demeure.

– Bien sûr que non ! ricanai-je en joignant le geste à la parole.

Leur surprise se mua en stupéfaction lorsqu'ils me regardèrent escalader la grille interdisant l'accès à la propriété. Seul Bertrand trouva l'énergie suffisante pour clore sa bouche béante et articuler à voix basse :

– On viendra te reprendre demain à huit heures.

– D'accord, dis-je d'un ton que j'espérais léger.

Ils remontèrent sur leurs destriers de métal et pédalèrent à perdre haleine jusqu'à disparaître de mon champ de vision. Pas un seul ne s'était retourné. Le soir allait tomber et ils préféraient quitter cet endroit le plus rapidement possible.

Je me détournai du chemin envahi d'herbes folles menant loin de la demeure et remontai l'allée de gravier conduisant à la bâtisse.

La porte quelque peu entrebâillée sonnait comme une muette invitation à pénétrer céans. Tout en avançant, d'un pas se ralentissant inconsciemment à chaque enjambée, je me surpris à scruter les fenêtres noires de crasse. Elles me donnaient la désagréable impression d'être autant d'yeux me scrutant, dévisageant l'intrus qui avait le courage d'arpenter ces lieux désertés depuis de nombreuses années. C'est la tête haute et les mâchoires serrées que je gravis les trois marches fendillées par le temps menant au perron. Je pris alors conscience du silence environnant. Pesant et total, il donnait l'impression que l'endroit était hermétiquement coupé du monde, hors du temps.

Après avoir jeté un dernier coup d'œil à la grille de métal me séparant de mon monde sécurisant, je poussai doucement le battant de la porte. Sans un bruit, il pivota sur ses gonds et je pus voir l'immense hall d'entrée de la demeure Winsart. Çà et là se trouvaient quelques meubles abandonnés depuis des années et qui étaient recouverts de draps jadis blancs. Cette vision suffit à raviver dans ma mémoire de nombreuses histoires rabattues mille fois depuis que j'étais enfant. Je me concentrai pour ne pas les laisser envahir mon esprit. Une seule parvint à filtrer d'entre les mailles de mon barrage mental :

« C'est ici qu'on les a retrouvés. »

J'étais à deux doigts de faire demi-tour en courant, d'enjamber la grille et de détaler à toute vitesse jusqu'au village. Le soir commençait à tomber et l'obscurité donnait un aspect menaçant aux arbres bordant le chemin. Mais je ne cédai pas à cette pulsion. Si l'un de mes compagnons m'apercevait par malchance, c'en serait fini. Je serais traité de poltron jusqu'à la fin de mes jours. Cette réputation de couard me collerait à la peau même si chacun d'entre eux aurait fait la même chose.

« Pas question ! » pensai-je avec force.

J'avais justement tenté d'intégrer ce groupe de jeunes durs, ceux-là mêmes qui terrorisaient les autres gamins du village, pour être enfin respecté. Pour pouvoir circuler sans craindre l'une ou l'autre méchanceté. Ce n'était certainement pas pour me mettre à courir comme une fillette à la première frayeur. De toute façon, je savais pertinemment bien que j'aurais à faire mes preuves. À passer l'initiation comme ils disaient. Mais je ne m'attendais pas à ça. Ce n'est pas grave ! Je passerais une nuit dans cette maison et, dès demain, je serais une sorte de légende vivante à leurs yeux.

C'est tout regonflé d'énergie à l'idée de ces lendemains radieux que j'avançai dans le ventre de la demeure. Il n'y avait qu'un silence presque sépulcral que seul le bruit de mes pas sur le carrelage troublait. Je décidai de ne pas aller trop loin. Après tout, j'avais promis de rester une nuit dans le manoir, pas d'en explorer les plus sombres recoins. J'avisai un petit fauteuil sur la droite. Il était idéalement placé, à quelques mètres à peine de la porte d'entrée. Suffisamment engoncé dans l'obscurité pour me dissimuler au regard de tout intrus potentiel, mais assez proche de la sortie pour me permettre de m'échapper en cas de danger.

« On ne sait jamais », pensais-je.

J'ôtai le drap, qui me fit penser à un linceul sur le moment même, recouvrant le siège et toussai lorsqu'un nuage de poussière s'en échappa. Je m'installai ensuite le plus confortablement possible. Quitte à passer la nuit en ces lieux, autant que ce soit dans d'aussi bonnes conditions que possible. Je plaçai le drap sur moi et le tirai jusqu'au-dessous de mon menton. Par la grande fenêtre sur le mur opposé, je vis la lune blanche trôner fièrement dans le ciel. Quelque part j'avais de la chance. La maison ne disposait d'aucune électricité mais l'astre lunaire me permettait d'avoir un peu de lumière. Je me surpris à sourire. Je consultai ma montre et m'aperçus que cela faisait déjà une demi-heure que j'étais dans la propriété.

Je pensai alors à mon père qui, bien que la nuit soit en train de tomber, ne s'inquièterait nullement de mon absence. Il ne s'en apercevrait même pas. Il n'était plus lui-même depuis la mort de maman une année auparavant. Il passait ses journées à boire et ses nuits à cuver. Un jour, il perdrait son travail. C'est ce que tout le monde disait. Mais ce jour n'était pas encore arrivé et, jusqu'à présent, il continuait à bien exécuter les tâches qu'on lui confiait. Mais les gens sont comme ça. Je m'en apercevais clairement du haut de mes treize ans. Toujours à regarder les autres, à faire les oiseaux de mauvais augure. À juger. Moi, je ne jugeais pas mon père. Il souffrait, tout simplement. Il n'avait trouvé aucune autre solution pour échapper à son chagrin que de le noyer dans l'alcool. Parfois, le soir, il me prenait dans ses bras et me berçait doucement comme si j'étais encore un bébé. Je ne disais rien. Je me laissais faire. Il se raccrochait à moi pour ne pas sombrer. Et, malgré la boisson, il est toujours gentil avec moi. Pas comme ces histoires horribles que racontent le prêtre, les conseillers scolaires et autres assistantes sociales.

Sans même m'en rendre compte, je m'assoupis.

Quelques instants plus tard, je m'éveillai en sursaut.

Avais-je rêvé ?

Il m'avait semblé entendre un bruit, mais…

Je tendis l'oreille, aux aguets. Juste quand je me confortais dans l'idée qu'il s'agissait effectivement d'un rêve, cela se reproduisit.

Craaaac.

Là, pile au-dessus de ma tête. Un peu stupidement, je fixai le plafond. Je m'efforçai de rester calme, de raisonner.

Je regardai ma montre : deux heures passées de huit minutes. Je m'étais endormi bien plus longtemps que je ne l'aurais cru possible. Surtout ici…

Craaaac.

Cette fois, il n'y avait plus de doute possible. J'avais beau m'efforcer de raisonner, de me dire que le bois travaille toujours dans les vieilles maisons, que cela provenait des boiseries, que c'était un animal… Un rat ou quelque chose de ce genre.

Craaaac.

Il devait être sacrément costaud le rongeur ! C'était un pas lourd ! Un pas d'homme ! J'en étais maintenant certain. Quelqu'un marchait à l'étage ! Il avait beau essayer de ne pas faire de bruit, il était trahi par la vétusté de la maison ! Mon cœur battait à tout rompre ! J'avais l'impression que ma poitrine allait exploser.

Et si… ?

Mais oui !

C'était forcément cela !

Je m'en voulais d'avoir eu si peur. J'étais prêt à parier le peu d'argent que je possédais qu'il s'agissait du gros Bertrand, ce pachyderme au poids aussi léger que son esprit, qui s'apprêtait à me faire une mauvaise blague. Il y avait fort à parier pour que Serge la fouine, son âme damnée et souffre-douleur, l'accompagne. Dès qu'il y avait un mauvais coup à faire, on pouvait être certain que les deux seraient de la partie.

Je m'étais visiblement trompé à leur sujet. Ils n'avaient pas peur de la maison Winsart. Au contraire, elle était le terrain de jeu de leur initiation stupide. Combien d'autres gamins désireux de rejoindre leur groupe avaient-ils terrorisés avant cette nuit ? Mais ça ne marcherait pas avec moi. Ils voulaient me faire peur ? J'allais les prendre à leur propre piège !

M'enhardissant, je m'extirpai du fauteuil et y replaçai le drap qui le recouvrait. Il faisait assez clair pour que je puisse me diriger sans encombre. Je repérai rapidement l'immense salon avec l'escalier apparent, tout de chêne massif, menant à l'étage.

Le plus silencieusement possible, je gravis les marches. À chaque fois que je posais la plante du pied sur l'un des degrés de bois, je retenais mon souffle. J'arrivai rapidement sur le palier. Devant moi s'étirait un long et large couloir aux murs troués de portes. Trois de chaque côté. Cette maison était vraiment immense ! La fenêtre au bout illuminait de sa lueur fantasmagorique les tapisseries.

Craaaac.

Je m'accroupis sur le sol contre le mur. Cela provenait de l'une des chambres du fond. Les deux compères y avaient certainement trouvé refuge en attendant le bon moment pour me surprendre. Dans un grincement, la porte la plus éloignée à droite s'ouvrit et livra passage à une ombre qui cachait presque toute la fenêtre.

Ce n'étaient ni Bertrand ni Serge ! C'était une forme massive d'au moins deux mètres de haut ! Je n'osai plus bouger. J'étais tétanisé ! Intérieurement, je priais que cette chose ne vienne pas vers moi, qu'elle pénètre dans une autre pièce !

Est-ce que le Seigneur, attendri par le fait de me voir réciter une prière dont je pensais avoir oublié jusqu'au plus traître mot, eut pitié de moi ? Toujours est-il que le monstre, après avoir tourné le regard vers l'endroit où je me trouvais, pénétra dans la chambre d'en face.

Que devais-je faire ? Rester sur place n'était certainement pas une bonne idée vu que je me trouvais au seul point d'accès menant au rez-de-chaussée. Cependant, descendre à nouveau l'escalier et risquer de faire du bruit m'apparaissait aussi dangereux. J'optai en catastrophe pour la deuxième solution et descendis aussi vite et silencieusement que possible jusqu'au salon. Dans mon empressement, je glissai et mon derrière heurta violemment l'arête de l'une des marches, m'arrachant un cri de douleur qui résonna dans la maison.

« Pourvu qu'il ne m'ait pas entendu ! » suppliai-je intérieurement.

Un bruit de pas précipité à l'étage m'annonça que, cette fois, mon souhait n'avait pas été exaucé. La chose au premier avait entendu mon cri et se dirigeait droit vers les escaliers ! Il fallait que je sorte d'ici !

Je me relevai si vite que la tête me tourna et courus en direction de la porte d'entrée. J'avais oublié la douleur lancinante au bas de mon dos.

Je m'arrêtai une seconde en remarquant qu'elle était fermée. J'étais presque certain de l'avoir laissée entrouverte ! Mes mains se refermèrent sur le loquet et essayèrent en vain de l'actionner. Elle était verrouillée ! J'étais enfermé avec…

Des bruits sourds dans mon dos me prévinrent que la chose descendait promptement les escaliers.

Il fallait que je me cache !

Je repérai l'immense bahut sur le mur de gauche et me glissai en dessous. Dieu merci, je n'étais pas bien gros. Cette maigreur extrême qui avait souvent été la cause de bien des moqueries allait peut-être me sauver la vie aujourd'hui.

J'essayais de respirer le plus silencieusement possible, refusant que la panique rende mon souffle sonore. D'où je me trouvais, je ne voyais presque rien. Je distinguai plus que je ne vis l'être se diriger vers la porte d'entrée. Il en vérifia la fermeture et revint sur ses pas avant de s'immobiliser au milieu de la pièce.

Il respirait bruyamment, comme un soufflet de forge. Je pouvais l'imaginer scruter la pièce d'un œil de dément, ses mains…

Stop !

Il fallait que je m'arrête, que je ne laisse pas mon imagination prendre le dessus. Je devais absolument ne pas permettre à toutes les histoires concernant cette maison de revenir… Mais c'était trop tard.

Sous l'armoire qui me dissimulait, paniqué, le sang battant fiévreusement dans les tempes, toutes les horreurs et superstitions que l'on colportait au sujet de la demeure Winsart, affluaient en un bloc, faisant éclater la digue mentale que j'avais érigée.

Je me rappelais pourquoi les anciens baissaient toujours le ton quand ils devisaient de la vieille maison Winsart.

Je comprenais pourquoi, lors de certaines homélies, le prêtre Henry citait ce manoir comme étant l'antre de la bête.

Je réalisais pourquoi les mères recommandaient à leurs enfants de ne jamais venir jouer à proximité de ces lieux, à plus forte raison le soir.

Je n'avais plus envie de me moquer du signe de croix qu'effectuaient les plus pieux du village dès que l'on mentionnait le nom de Winsart.

Je me dis que les quelques ivrognes, qui avaient eu l'infortune de s'aventurer quand même dans les environs certaines nuits et qui avaient clamé à qui voulait l'entendre qu'ils avaient entendu des hurlements bestiaux aujourd'hui encore, n'étaient peut-être pas si ivres que cela.

Aujourd'hui, la bête se trouvait à quelques pas de moi. Je pouvais l'entendre respirer fortement, profondément, comme un animal féroce savourant l'instant de la chasse.

Certains, parmi les villageois les plus courageux, disaient qu'il ne s'agissait là que de racontars de bonnes femmes mais évitaient soigneusement de s'approcher du domaine à la nuit tombée. Et, lorsqu'ils devaient passer par cet endroit en plein jour, ils accéléraient quand même le pas sous l'effet d'une crainte respectueuse.

Bien avant ma naissance, lorsque mes parents étaient encore jeunes enfants, le manoir Winsart avait été le théâtre d'un massacre sanglant. Les Winsart étaient la famille la plus influente et riche de la région. Le village avait été bâti par eux et pour eux, tout autour de l'entreprise familiale de confection du même nom. Les vêtements Winsart étaient fort réputés, l'entreprise tournait à plein régime et fournissait la majorité des emplois du village jusqu'à ce que…

Un soir d'hiver, des hurlements retentirent entre les murs du domaine, résonnant jusqu'au village. Encore aujourd'hui, certains parlent d'une bête du diable. Et leur air sérieux, la lueur de peur se reflétant dans leur regard usé, la commissure des lèvres serrées ne permettent aucun doute quant à la terreur qu'a suscitée cette nuit.

Craignant qu'il soit arrivé quelque chose de tragique à Winsart Senior, propriétaire des entreprises, les plus braves des villageois s'étaient rendus au domaine. Les grilles de l'entrée étaient fermées. Ils eurent beau appeler, ils n'obtinrent aucune réponse autre que des cris de souffrance et de terreur provenant de l'intérieur des murs. Une litanie monstrueuse, disait encore mon grand-père peu de temps avant de mourir.

Lorsqu'enfin le portail de fer céda sous les coups des madriers improvisés, les villageois ne trouvèrent que la porte ouverte et une pile de cadavres entassés dans le hall d'entrée. Les corps étaient enchevêtrés les uns aux autres, la gorge béante et les chairs déchiquetées.

À ce moment, les témoignages divergent.

Provenant de personnes terrifiées, dont les langues ne se délient facilement que sous l'effet de l'alcool, il est dur de juger de la véracité de l'une ou l'autre assertion.

On dit que le sang des victimes avait coulé jusqu'à recouvrir entièrement le moindre centimètre de carrelage.

On prétend également que des empreintes rougeâtres et griffues pouvaient être aperçues sur la pierre du perron et les graviers. Elles disparaissaient à l'orée de la forêt entourant le domaine.

D'autres encore affirment avoir vu cette nuit-là ne forme immense et difforme se glisser d'arbre en arbre avant de disparaître dans les profondeurs de la nuit.

Mais toutes les versions s'accordaient sur un point : jamais on ne retrouva le père Winsart et sa jeune fille, Déborah.

Peut-être la bête les avait-elle emportés pour les dévorer ?

Quoi qu'il en soit, on ne retrouva jamais leurs corps, et ce, malgré les nombreuses battues organisées des jours durant.

Le temps passa.

Nathan Winsart, unique enfant survivant de la famille Winsart, devint le seul légataire de l'immense fortune familiale et reprit les entreprises Winsart. Il assura la pérennité de la confection familiale, garantissant ainsi l'emploi de nombreuses personnes. Il ne revint jamais dans la demeure où sa famille avait trouvé la mort mais refusa catégoriquement qu'on la fasse raser.

Cette nuit devint une légende, une histoire effrayante que les jeunes se racontent lors de soirées arrosées.

Cependant, je n'étais sûr que d'une seule et unique chose en ce jour : la bête existait réellement et elle me traquait.

Je retins de justesse un soupir de soulagement lorsque l'être reprit sa progression vers le salon.

J'entendis ensuite son pas s'éloigner vers les profondeurs de la maison.

J'attendis quelques interminables secondes avant d'enfin oser m'extirper de ma cachette. Il fallait que je trouve un moyen de sortir d'ici et vite !

Debout, les jambes flageolantes, je me demandais quelle conduite adopter.

Trouver une cachette sûre et attendre le lever du jour ?

C'était risqué.

Chercher une autre issue ?

Cela signifiait explorer la maison en quête d'une autre porte. Il y en avait forcément une mais c'était courir le risque de me retrouver nez à nez avec la créature. Ce n'était guère plus prudent.

Un coup d'œil rapide aux fenêtres m'apprit qu'elles ne disposaient d'aucun mécanisme d'ouverture. Et je ne pouvais pas les briser sans attirer l'attention de la chose.

Un autre bruit attira mon attention.

Un son différent.

On aurait dit…

Mais oui !

C'était bien cela !

Quelqu'un pleurait !

Je cherchai à en localiser la provenance sans toutefois bouger de place. Si je les entendais, nul doute que c'était le cas également pour la chose. Après une bonne minute à guetter le moindre mouvement, le moindre bruit annonciateur de la venue de cet être monstrueux, je me dirigeai en fonction des sanglots qui, sans conteste, étaient féminins !

Je ne tardai pas à en situer la source.

Cela venait de la cave !

Peut-être était-ce une malheureuse amenée ici par cette bête afin de servir de nourriture ou de…

Mon esprit se refusa à formuler la pensée. La peur reprit ses droits. Je n'allais quand même pas m'aventurer là-dedans ! J'étais certain qu'il n'y aurait nulle clarté lunaire pour me permettre de m'orienter sous les fondations de la demeure. J'étais déchiré entre la fuite et le secours. Moi qui rêvais de devenir légendaire, je ne trouvais même pas le courage d'être secourable. J'éprouvai un vague sentiment de honte. Une autre pensée supplanta ce sentiment : l'espoir.

Qui dit cave dit soupirail ! Il me sembla que c'était là la seule chose à faire. De la sorte, je pourrais m'enfuir et emmener la personne qui pleurait dans le sous-sol. Cela me parut être la meilleure solution.

« Pourvu que la porte ne soit pas fermée ! » pensai-je en tendant la main vers la poignée.

À ma grande surprise, celle-ci s'ouvrit facilement dans un silence absolu. Et je fus encore plus heureux de constater que des chandelles avaient été allumées en bas. Quoique, à y réfléchir, je n'étais pas certain que c'était un élément dont je devais me réjouir.

Je refermai la porte derrière moi et descendis prudemment la vingtaine de marches s'enfonçant sous terre.

Les pleurs s'étaient tus.

– Il y a quelqu'un ? demandai-je.

Je me sentis complètement stupide. Bien sûr qu'il y avait quelqu'un !

– Mon… Monsieur ? me répondit une petite voix sur ma droite.

C'est alors que je la vis. Elle devait avoir une bonne quarantaine d'années. Ses longs cheveux blonds tombaient devant son visage angélique dont les traits délicats n'avaient pas été altérés par le temps et ses grands yeux bleus, emplis de larmes, me dévisageaient.

Je m'aperçus alors qu'elle était complètement nue. Mes joues s'empourprèrent et je fis un pas en arrière, manquant de peu de m'étaler sur le sol.

– Mon Dieu ! dit-elle. C'est le ciel qui t'envoie, mon garçon ! Libère-moi !

Accaparé par sa nudité, je n'avais même pas remarqué qu'elle était enchaînée au mur derrière elle par deux énormes anneaux métalliques lui encerclant les poignets.

J'eus alors envie de m'élancer vers elle, d'essayer d'arracher ses liens à mains nues, mais un conseil de mon père me revint en mémoire : *« Regarde toujours à deux fois avant d'agir »*.

Cela peut paraître ridicule, mais c'est ce que je fis.

– Qui… Qui êtes-vous ? demandai-je prudemment.

– C'est bien le moment ! dit la jeune femme d'un ton agressif, visiblement agacée par ma question. Mais dépêche toi ! m'exhorta-t-elle. Il faut s'en aller avant qu'il ne revienne !

Prudemment, je m'approchai. Elle me regardait, de ses grands yeux larmoyants. Il était clair à ce moment que j'étais son unique espoir. Et pourtant, quelque chose en moi me disait que je commettais une erreur.

Une petite voix qui résonnait comme un système d'alarme dans un coin de mon esprit. Je décidai de ne pas l'écouter. J'attrapai les anneaux et entrepris de tirer de toutes mes forces. Sous l'effort, mes dents se serrèrent si fort que je crus qu'elles allaient éclater en morceaux.

– Je n'y arrive pas, dis-je en évitant de la regarder.

J'avais déjà pu apercevoir le galbe d'un sein, la rondeur d'une cuisse, et cela éveillait en moi des désirs qui ne m'avaient pas encore taraudé jusque-là mais qui s'insinuaient avec fougue dans mon esprit de jeune homme. Dieu merci, elle ne paraissait pas s'en être rendu compte.

– Il y a peut-être une clé ? risquai-je.

– Je ne sais pas où il la garde. Probablement sur lui.

– Dans ce cas, il n'y a qu'une seule solution, dis-je.

– Laquelle ?

– Il faut que je réussisse à me sauver et que je ramène du secours. Tout est fermé en haut mais je crois que je pourrais passer par ce soupirail si j'arrive à l'ouvrir.

Sans même attendre qu'elle me réponde, je me dirigeai vers la grille métallique placée à hauteur du sol extérieur. Mais j'eus beau tirer, pousser comme un beau diable, rien n'y fit. Je commençais à désespérer.

– Rien à faire, dis-je en me tournant vers la femme.

Elle ne me regardait plus. Elle s'était recroquevillée sur elle-même. Une sueur abondante recouvrait son front.

– Aide-moi ! dit-elle en relevant son visage vers moi.

Je ne savais pas quoi dire. Elle paraissait souffrir atrocement mais elle avait également quelque chose de… différent.

Sous l'effet de la peur, je reculai d'un pas, puis d'un autre, jusqu'à buter sur la première marche des escaliers. Le spectacle qui s'offrait à moi me terrorisait mais j'étais incapable d'en détourner les yeux.

La peau de la femme se boursouflait et se fendillait comme si quelque chose d'énorme était coincé dans une enveloppe bien trop petite et cherchait à s'en échapper quitte à en faire craquer les coutures.

Ses yeux étaient devenus couleur de braise et son souffle faisait plus penser à quelque animal sauvage plutôt qu'à la frêle jeune femme qui se tenait devant moi à peine une minute plus tôt.

Ses ongles poussèrent, jaunes et torsadés, semblables

à des serres monstrueuses.

Elle rejeta la tête en arrière et poussa un long hurlement rauque et c'est glacé d'effroi que je constatai que ses dents étaient devenues des crocs.

La porte s'ouvrit alors en haut des marches mais je n'étais pas capable de me retourner. J'étais littéralement paralysé par la peur.

– Qu'est-ce que tu fous là, toi ? tonna une voix dans mon dos.

Des pas précipités, des mains puissantes qui m'attrapèrent par l'encolure de ma chemise et me soulevèrent plus qu'elles ne me tirèrent. La porte de la cave se referma, atténuant un peu les hurlements bestiaux.

– C'est toi que j'ai entendu tout à l'heure, dit l'homme.

Maintenant que je le voyais clairement, il m'apparaissait moins effrayant. Il faisait deux mètres et était solidement charpenté mais son visage ne reflétait que bonté et fatigue.

– Si je te dépose, tu ne vas pas essayer de t'enfuir ? demanda-t-il.

Je secouai la tête en signe de dénégation.

– De toute façon, tout est fermé et je garde les clés, dit-il en tapant sa poche du plat de la main.

Il me déposa sur le sol et m'observa, me jauge de la tête au pied.

– Je te répète ma question, reprit-il. Qu'est-ce que tu fais là ?

Alors, comme un automate, je racontai mon histoire. Bertrand, mon père, ma mère, les moqueries, l'envie d'intégrer le groupe, l'initiation...

– Et comment es-tu entré ?

– Ben… La porte était ouverte.

Il jura contre son étourderie et, contre toute attente, il sourit et m'invita à le suivre dans une autre pièce.

– Vous allez me… ?

Je n'achevai pas ma phrase. Il se retourna et me dévisagea comme si j'avais prononcé la plus grosse incongruité qu'il n'ait jamais entendue.

– Tu t'appelles comment ? demanda-t-il.

– Loïc. Loïc Lejet.

– Tu as quel âge ? demanda-t-il.

– Treize ans.

– Alors, tu es en âge de boire ça, dit-il en me plaçant un verre sous le nez.

– C'est quoi ? demandai-je, méfiant.

– Bois !

Son ton fut si autoritaire que je n'osai pas insister. Je pris le verre et l'avalai d'un trait.

Un véritable brasier s'empara de ma gorge, me fit suffoquer et me tira les larmes. Lui s'amusa beaucoup de me voir m'étrangler.

– Qu'est-ce que c'est ?

– Du whisky, répondit-il le plus naturellement du monde. Et tu en auras besoin pour entendre mon histoire.

– Qui vous dit que j'ai envie de l'entendre ?

Je ne savais même pas comment j'avais osé prononcer cette phrase. L'alcool peut-être…

– Tu n'as pas le choix. Et tu dois me promettre une chose.

– Laquelle ?

– Tu ne dois la raconter à personne.

Je ne répondis pas. Sa demande me paraissait bizarre.

– C'est bien compris ?

– Vous n'allez pas me…

– J'ai l'air d'un assassin ? me demanda-t-il

brutalement.

Je devais bien reconnaître que non. En voyant son visage plus fatigué qu'autre chose, j'avais du mal à croire que cet homme était capable de faire du mal à qui que ce soit. Et pourtant, cette fille, cette chose… Je ne savais plus trop quoi penser. Je n'avais qu'une seule envie : filer de cette maison de cauchemar au plus vite. Peu m'importait désormais ma réputation.

– Eh bien ? Tu as perdu ta langue ?

– Je ne sais pas trop, dis-je. Vous me faites peur.

C'était la première fois de ma vie que j'avouais franchement à quelqu'un qu'il m'effrayait et la honte me fit rosir les joues.

– Je ne te ferai rien, dit-il. Je veux juste que tu entendes mon histoire. Et que tu me promettes de tenir ta langue.

– Je ne devrais jamais en parler ? C'est cela ?

– Jamais jusqu'à ce que tu sois prévenu que tu le peux.

– D'accord.

Je ne savais pas pourquoi j'avais accepté mais j'avais soudainement envie de comprendre tout ce qui se passait ici. Il me resservit un verre et se mit à parler.

– Il y a près de trente ans que tout a commencé. Je m'appelle Nathan Winsart. Je suis le propriétaire de ces terres. Je n'ai jamais cessé d'y vivre. Mais il n'y a plus nul faste, nulle splendeur des temps passés. J'ai fait don de toute ma fortune à mon fils aîné, Constant Winsart en échange d'une promesse. Il devait continuer à faire tourner la société pour qu'aucun villageois ne souffre de la misère et ne plus jamais revenir en ces lieux.

J'ouvris la bouche de surprise mais il leva la main pour me signifier de ne pas l'interrompre.

– La fille que tu as vue à la cave est ma fille cadette, Déborah. Je sais que tout le monde nous croit morts, enlevés par la créature monstrueuse. Et c'est bien mieux ainsi. Cela empêche les curieux de venir fouiner un peu trop près. Mais il n'y a plus beaucoup de curieux depuis cette nuit.

Un sourire triste éclaire son visage.

– La créature monstrueuse n'est autre que ma fille. C'est une terrible histoire, une véritable malédiction, qui remonte à bien longtemps. Le jour des dix ans de notre Déborah, nous avions décidé, ma femme et moi, d'organiser son anniversaire et d'y inviter toute la famille. Tous répondirent à l'invitation à l'exception de notre fils, Constant, qui était retenu en Angleterre pour ses études. C'est ce soir-là que le drame s'est joué, si je puis dire. Quelques jours auparavant, notre fille avait pris pour habitude de jouer avec un enfant de Gitans qui avaient fait une halte sur mes terres. Je les y avais autorisés. C'étaient des gens très souriants, très amicaux. Ils ne comptaient rester que quelques jours mais les villageois avaient vu leur présence d'un très mauvais œil. Pour eux, ce n'étaient que des voleurs de poules, des personnes dangereuses. Mais revenons à ce qui nous occupe. Déborah et Piedro, le fils d'un de ces gitans, s'amusaient comme des fous ensembles. Ma fille ayant toujours été quelqu'un de solitaire, nous étions ravis de voir qu'elle s'était fait un ami. Si seulement j'avais su…

Il se reversa un verre et l'avala d'un coup avant de poursuivre.

– Déborah et Piedro se sont jurés d'être amis pour toujours. Quelle que soit la distance. A la vie à la mort. Pour conclure ce pacte, ils ont fait un échange de sang.

– J'en ai fait un une fois… l'interrompis-je sans réfléchir.

Il me fit signe de me taire et reprit son histoire.

– Comme beaucoup d'enfants, sourit-il. À la nuance que, ce que nous ignorions, c'est que Piedro n'était pas un enfant comme les autres. Ses parents changeaient constamment d'endroit pour une bonne raison. Certaines nuits, ils se mettaient à l'écart de toute civilisation afin que leur fils ne puisse faire de mal à personne. Piedro était… un loup-garou. Et, par son échange de sang avec ma fille, il l'a contaminée.

– Mais c'est un salaud ! m'exclamai-je.

– C'est cela qui est horrible. Un loup-garou ne se souvient d'aucun de ses actes quand il reprend sa forme humaine. Les deux personnalités sont complètement dissociées. Il a conscience de la transformation à partir de l'âge adulte mais cela s'arrête là. Deux jours avant la fête d'anniversaire, les Gitans ont levé le camp. Ils ignoraient ce que leur fils avait fait. Je suppose que, dans le cas contraire, ils m'auraient averti. Si lui-même avait eu conscience des conséquences terribles que son banal serment engendrerait, il ne l'aurait pas fait. La malchance a voulu que la soirée d'anniversaire de Déborah ait lieu une nuit de pleine lune… J'ignore pourquoi elle ne m'a pas tué cette nuit-là, quand je me suis lancé à sa poursuite avec mon fusil de chasse. Je l'ai traquée entre les arbres, dans les sous-bois. Je ne l'ai retrouvée qu'aux premiers rayons du soleil. Elle était nue, ses vêtements en lambeaux, le corps couvert de cicatrices dues aux ronces et aux branchages. Elle était terrorisée et pleurait. Elle ne comprenait rien à ce qu'il s'était passé.

Il se tut. Il pleurait en silence. Je crois que c'était la première fois qu'il se confiait à quelqu'un d'étranger. Il se reversa un autre verre qu'il fit tourner entre ses doigts.

– La suite, tu la connais, acheva-t-il avant de poser son verre sur la table.

– Mais pourquoi n'avez-vous pas… ?

– Je sais à quoi tu penses. Tué ma fille ? Mis fin à ses souffrances ? Aux miennes ?

Je n'osais pas répondre.

– Parce que c'est ma fille, reprit-il la voix tremblante. Mais je sais que le jour où je ne serais plus assez fort pour l'enchaîner chaque nuit de pleine lune, je devrais prendre une décision. J'essaie de lui offrir la meilleure vie possible malgré tout. Tout en veillant à ce qu'elle ne fasse aucune victime. Comme un bon père doit faire. Nous vivons d'élevage et de culture à l'arrière de la propriété. La bibliothèque est suffisamment pourvue en livres. J'ai pu l'éduquer et lui prodiguer tout l'amour que je pouvais. Comme elle a toujours été solitaire, elle n'a jamais souffert de cet isolement. Elle n'a jamais cherché à franchir les grilles du manoir. Je suppose que, sur ce point, sa nature fut une chance. Mais je commence à vieillir. Mes forces déclinent de jour en jour tandis que la souffrance s'intensifie. Je ne pourrais plus continuer comme cela fort longtemps. Je deviens moins prudent. Et, à chaque année qui passe, l'approche de la lune la rend plus sournoise. Elle devient moins ma fille et plus… cette chose. Elle n'en a même pas conscience. Et je me sens trop fatigué pour encore lutter…

Comme pour ponctuer cette dernière phrase, le soleil pointa ses premiers rayons à travers les fenêtres.

– Voilà, tu sais tout, reprit-il.

– Pourquoi moi ? Pourquoi vous me l'avez dit ?

– Parce que je me fais vieux. Je ne pourrais plus veiller éternellement sur elle. Un jour viendra, tu recevras une lettre. Ce jour-là, tu pourras rétablir la vérité. Tu pourras raconter l'histoire de cette belle fille devenue une bête. De cette histoire d'amour d'enfant qui a mal tourné. Mais, jusque-là, il faut que personne ne s'approche de la maison. Je ne veux pas qu'il y ait d'autres victimes.

Comme pour clore l'entretien, une voix s'éleva de la cave. La voix d'une fille qui appelait son père.

– J'arrive, ma chérie, dit celui-ci.

Un moment, je me demandais comment j'avais pu le craindre. Sa puissance physique, la nuit, la réputation de la maison… Aujourd'hui, il m'apparaissait comme un homme ayant tout sacrifié par amour pour sa fille.

Il m'ouvrit la porte mais resta dissimulé derrière le battant. Mes nouveaux amis m'attendaient à la grille. Il n'était pas encore huit heures, pourtant. J'appris alors que les hurlements de Déborah la louve s'étaient entendus jusqu'au village. Le gros Bertrand et son acolyte étaient alors venus plus tôt. Ils s'inquiétaient et culpabilisaient de m'avoir forcé la main à faire quelque chose d'aussi stupide. Je me rendis compte qu'en fait ils étaient plus bêtes que méchants.

À partir de ce jour, plus personne ne m'ennuya. J'étais celui qui avait passé une nuit complète dans la maison Winsart et en avait réchappé. Je restai évasif sur ce qui s'était passé. Je dis simplement que j'avais vu la bête mais que j'avais réussi à attendre que le jour se lève pour sortir de la maison. Cela entretint la frayeur des villageois et les maintint encore plus à l'écart de ces murs qu'auparavant.

****

Une année complète s'est écoulée depuis cette rencontre qui a changé ma vie.

J'ai quatorze ans.

Il y avait une lettre à mon nom aujourd'hui.

Deux écritures se suivent sur le papier pour, d'une seule voix, me remercier d'avoir gardé leur secret.

Elle est signée Déborah et Nathan Winsart.

La forêt des suppliciés

En ce début d'après-midi du dernier jour d'octobre, la foule se massait sur la Grand-Place du petit village de N. qui recensait à peine plus de trois cents habitants. Tous les villageois étaient présents pour dire au revoir aux cinq adolescents qui s'apprêtaient à monter dans le bus chargé de les mener à destination. Même le maire, sexagénaire bedonnant au teint hâlé et à la calvitie étendue, s'était fendu d'un petit discours en leur honneur.

Les cinq jeunes gens ne comprenaient pas vraiment cet engouement. On leur avait vaguement expliqué que c'est parce que ce voyage éducatif se faisait avec la ville de T. située à une bonne centaine de kilomètres qui avait été récemment jumelée avec N. Les ados se rappelaient parfaitement des festivités qui avaient suivis même s'ils n'en avaient pas compris le sens. Est-ce qu'un jumelage méritait autant d'effervescence ? Sans doute pas. Pas plus que le voyage qu'ils s'apprêtaient à faire en tout cas.

Leur véhicule, un petit bus vétuste qui avait certainement dû connaitre des jours meilleurs, les conduirait à T. Là, ils chargeraient d'autres jeunes gens, cinq également, et se rendraient à leur destination. Elle avait été maintenue secrète pour, leur disait-on, préserver la surprise.

Les places étaient, parait-il, limitées aussi un tirage au sort avait eu lieu afin de désigner les cinq heureux élus. Les parents avaient inscrits d'office leurs enfants en arguant que c'était là un immense honneur et qu'il ne fallait pas laisser passer cette occasion.

Alors que, depuis leur plus tendre enfance, les cinq jeunes gens n'avaient connus de N. que son aspect replié sur lui-même avec sa vie en relative autarcie, cette brusque ouverture au monde extérieur chamboulait tous leurs points de repères. Jamais les jeunes gens n'avaient mis le pied à l'extérieur du village. Ils n'en avaient aucun besoin et n'en ressentaient nullement l'envie. C'était la même chose pour leurs aînés. Il y avait d'ailleurs un employé de la mairie spécialement préposé aux rapports commerciaux avec l'extérieur. Ceux-ci concernaient principalement les canaux de communication. C'est grâce à lui, par exemple, que les villageois disposaient de la télévision ou encore d'Internet. C'est avec un sourire poli de circonstances contrastant avec leur démarche pesante qu'ils grimpèrent dans le minibus.

Le véhicule se mit en branle dans un bruit tonitruant de moteur fatigué et de courroie usée et démarra en grinçant.

— Si on arrive à destination dans cette boite de conserve, ce sera un miracle, maugréa l'un d'eux.

Sa réflexion illumina le visage de ses camarades d'un sourire montrant qu'ils partageaient pleinement sa pensée.

Le chauffeur passa la seconde vitesse qui craqua effroyablement, ce qui acheva de leur donner raison.

Le moniteur âgé, grand échalas à lunettes et au front saillant que les jeunes gens connaissaient fort bien car il était préposé à la discipline dans leur établissement scolaire, prit la parole.

— Tout d'abord, au nom du village, je tiens à réitérer mes remerciements pour avoir accepté de prendre part à cette excursion.

— Comme si on avait eu le choix, bougonna un jeune homme qui s'était affalé sur la banquette au fond.

Dans sa tête, le moniteur repassa les cinq adolescents en revue. Il y avait Jonathan, le fils du boucher. Gamin timide mais sympathique, il éprouvait du mal à se lier avec les autres. C'était lui qui venait de l'interrompre. Il y avait Bertrand, le fils du notaire. Gamin frondeur et indiscipliné, à l'insolence devenue légendaire dans le village, il faisait le désespoir de son père qui aimerait en faire son successeur. Noah était, quant à lui, un garçon affamé de connaissance. Il dévorait livre sur livre depuis qu'il était en âge de lire. Et les jumeaux Gonzague et Erwan, turbulents binômes animant l'épicerie du village, au grand dam de leurs parents. Il les connaissait tous depuis qu'ils étaient hauts comme trois pommes.

Il décida d'ignorer la remarque et poursuivit :

— Comme vous le savez déjà, nous aurons la chance de séjourner au plus profond de la forêt d'automne. Cette appellation désigne une portion de la forêt composée exclusivement d'érables rouges et dont le feuillage sombre contraste avec le reste de la végétation.

— Quel programme ! s'extasia moqueusement Bertrand, ce qui engendra un froncement de sourcils du moniteur.

Cela ne désarçonna pas pour autant le garçon qui poursuivit :

— J'espère que nous aurons la chance de chasser l'écureuil à l'arbalète !

— Bon ! s'énerva le moniteur d'un ton tranchant. Vous n'êtes pas enthousiastes à l'idée de faire ce voyage, je crois que tout le monde l'a bien compris. Cependant, nous n'avons pas le choix. Ce voyage est, selon la mairie, une opportunité inestimable pour N. Je vais donc devoir supporter votre mauvaise humeur et entendre vos récriminations et, pour être tout à fait franc, cela ne m'enchante pas non plus. Alors, je n'ai qu'un conseil à vous donner : faites contre mauvaise fortune bon cœur et essayer de profiter de ces quelques jours en dehors du village. Vous êtes souvent les premiers à vous plaindre du haut de votre jeune âge de ce retranchement du village et, maintenant que l'occasion vous est donnée d'en franchir les frontières, vous ne cessez de vous lamenter.

Les jeunes gens échangèrent des regards où se mêlaient surprise de voir l'homme réputé pour sa placidité s'énerver de la sorte et embarras d'admettre qu'il n'avait pas totalement tort à leur sujet.

— Désolé, m'sieur, bredouilla l'un d'eux.

— C'est pas grave, se calma le moniteur. Et nous ne sommes pas dans un cadre scolaire. Vous pouvez m'appeler Julien. Laissons les « monsieur » à l'école. Maintenant, essayons de profiter un peu du voyage.

Il s'assit ensuite à proximité du conducteur avec qui il commença à deviser à voix basse, laissant les adolescents contempler la forêt s'étendant de part et d'autre du ruban de bitume qu'ils parcouraient.

C'est en entamant la troisième montée de cette route que le minibus commença à hoqueter pour, finalement, s'immobiliser au milieu de nulle part. Le chauffeur descendit en pestant et se plaça devant le capot du véhicule. Il fut immédiatement rejoint par le moniteur qui intima aux jeunes gens de rester dans le véhicule. Une épaisse fumée noirâtre n'augurant rien de bon s'échappait du moteur.

Les adolescents s'étaient massés à l'avant du minibus. L'inquiétude se lisait sur leurs visages mais aucun d'entre eux n'osa formuler sa pensée. La mine des deux hommes s'affairant sur la route en disait assez long.

Julien finit par revenir dans le bus, l'air contrarié.

— Bien, dit-il. Il semblerait que nous soyons en panne.

— On va pouvoir réparer ? questionna Gonzague.

— Ca va durer longtemps ? renchérit Erwan.

— Ça m'étonnerait, bougonna le chauffeur en se hissant à son tour dans le véhicule. Il y a une station-service à quelques kilomètres. Je vais aller voir s'ils peuvent nous dépanner.

— On ne peut pas les appeler ? s'étonna Noah. Ce serait quand même plus simple.

— Tu as raison, mon garçon, intervint Julien. Le problème c'est que je n'ai aucun réseau. À moins que l'un d'entre vous ait plus de chance…

Les jeunes gens se précipitèrent sur leurs smartphones mais tous constatèrent avec dépit leur infortune. Perdus au milieu de nulle part, entourés d'arbres si hauts qu'ils semblaient griffer le ciel, il n'y avait aucune communication possible.

— Bien, reprit le chauffeur d'une voix excédée. Maintenant que la solution de facilité est écartée, il ne me reste plus qu'à marcher.

— Pourquoi on n'y va pas tous ensemble ? demanda Erwan.

— Et laisser le véhicule de la municipalité sans surveillance le long de cette route ? répartit l'homme. Hors de question. Il est sous ma responsabilité.

— On ne va quand même pas attendre ici, intervint Julien. Dieu sait pour combien de temps vous allez en avoir !

— Ca, je ne sais pas vous dire exactement. Il faut que j'y aille, que je voie s'ils savent nous dépanner…

— Monsieur ! intervint Jonathan.

— Quoi encore ? demanda Julien.

— J'ai cru voir une maison sur le côté. Peut-être que les habitants pourront nous assister.

— Une maison ? Où ça ?

— Ca ne doit pas être loin. Nous allions seulement entamer la montée…

— C'est vrai ! s'exclama Gonzague en interrompant son compagnon. Je l'ai vue aussi.

Julien et le chauffeur échangèrent un regard.

— Ce n'est peut-être pas une mauvaise idée, dit ce dernier. Ça m'éviterait de marcher.

— Bien, concéda le moniteur. C'est peut-être la meilleure chose à faire. Montre-nous où tu as vu cette maison.

— Je vous attends ici, décida le conducteur.

— D'accord. Nous ne serons pas longs. Venez avec moi les enfants.

Quelques secondes plus tard, la petite troupe se mit en route en quête d'aide. Ils descendirent le long de la route et, arrivée en bas, Gonzague s'exclama :

— Là ! Vous voyez que nous n'avons pas rêvé !

Julien repéra la demeure citée par les ados et sourit :

— D'accord, on y va. Regardez, ce petit chemin s'enfonçant dans la forêt doit y mener. Restez bien derrière moi.

Arrivés en vue de la bâtisse, l'espoir qui rendait leurs pas léger s'amenuisa. La demeure avait l'air à l'abandon avec sa façade décrépie, ses rideaux crasseux et sa porte d'entrée en partie déboitée. Par acquit de conscience, Julien frappa le battant, appela mais, comme il s'en doutait, personne ne répondit.

Dans les ténèbres de la maison, hors de vue des arrivants, quelque chose commença à s'agiter.

Des hommes ! Après tout ce temps passé endormi, ils reviennent à ma porte ! Il sera bientôt l'heure !

À l'extérieur, le moniteur déclara forfait.

— Bien, dit-il. Il semblerait que nous n'ayons pas

d'autre choix que de retourner au bus.

Bon gré mal gré, l'expédition fit le chemin inverse dans le plus parfait silence. Les visages étaient fermés, les mines sombres. Ils pressèrent le pas. Arrivés près du bus, ils ne trouvèrent aucune trace du chauffeur. Surpris, ils l'appelèrent mais, au bout de quelques minutes, ils durent se rendre à l'évidence : l'homme était introuvable. Julien était surpris et en fit part aux étudiants.

— Peut-être est-il parti à la station-service ? suggéra Bertrand.

— En laissant le véhicule seul ? objecta Gonzague. Après tout le pataquès qu'il nous a fait sur sa responsabilité ?

— Tu as raison, convint son camarade. C'est bizarre.

— Et puis, on ne s'est pas absenté si longtemps que cela. Une demi-heure tout au plus !

— Il se passe des choses bizarres ici, déclara Noah.

Julien décida d'intervenir pour calmer les esprits qui s'échauffaient.

— La meilleure chose à faire est d'attendre ici qu'il revienne, déclara-t-il.

— Et s'il ne revient pas ? demanda Erwan. S'il a

été…

Le moniteur coupa court en se forçant à sourire.

— Je crois que tu regardes trop de films. Il a simplement été chercher de l'aide. Seulement, j'espère qu'il ne va pas trop mettre de temps. Le soir va tomber dans moins de deux heures.

— On ne va quand même pas passer la nuit dans le bus au beau milieu de nulle part ! geignit Bertrand.

— Une chose à la fois ! intervint à nouveau le moniteur. S'il ne revient pas, nous aviserons.

Les minutes s'égrenèrent lentement et, plus le temps passait, plus l'attente devenait insupportable. Alors que la lumière du jour commençait à décliner, Julien tapa dans ses mains.

— Bon les enfants, on dirait bien que nous allons devoir nous résoudre à passer la nuit ici.

Comme il s'y attendait, ce furent des visages sinistres qui accueillirent la nouvelle qui tomba comme un couperet.

— Il y a deux solutions, continua-t-il. Soit nous passons la nuit dans le bus, soit nous nous installons dans la maison abandonnée. Qu'est-ce que vous préférez ?

Les discussions furent vives et l'énervement rendit les échanges tendus. Julien décida finalement de procéder à un vote à main levée. À quatre voix contre deux, ce fut la solution de rejoindre la masure qui fut retenue.

— Allez, embarquez vos sacs de couchage. Direction l'aventure !

Son trait d'humour tomba à plat et ne galvanisa aucunement le petit groupe qui se mit en route dans un silence absolu. Julien ouvrit la marche en leur recommandant de bien rester le long du bord de la route car l'obscurité commençait à s'étendre.

Dans le soir tombant, la vieille maison semblait encore plus sinistre et les arbres plus menaçants.

— Posez vos sacs et restez ici, ordonna Julien en fouillant son sac à la recherche de sa lampe torche. Je vais aller repérer les lieux afin de m'assurer que tout va bien.

— Prenez votre temps, ironisa Bertrand, nous on n'est pas pressés.

La porte grinça horriblement quand Julien en poussa le battant. De l'extérieur, le moniteur semblait avoir été avalé par les ténèbres. Quelques minutes plus tard,

Gonzague brisa le silence qui s'était installé et demanda d'une voix que la peur faisait tressaillir :

— Bon, il revient ? Ça fait un bout de temps qu'il est là-dedans.

— Calme-toi, lui dit son frère. Il doit faire noir comme dans un four là-dedans. Je suppose que…

Il n'acheva pas sa phrase car Julien venait de reparaître à l'air libre.

— Je crois que ça ira pour cette nuit.

Il s'efforçait d'afficher un sourire enthousiaste et rassurant mais les jeunes gens ne furent pas dupes. Voyant qu'ils allaient une nouvelle fois récriminer, le moniteur poursuivit :

— Ce n'est que pour une nuit de toute façon. Ce n'est pas le bout du monde. Et la bonne nouvelle c'est que la maison est équipée de toilettes sèches. Vous n'aurez donc pas besoin d'aller à la futaie au beau milieu de la nuit.

Il n'ajouta rien et pénétra à nouveau dans la demeure en faisant signe de le suivre. Après s'être brièvement concertés du regard, les adolescents ramassèrent leurs paquetages. Après tout, ils devaient se faire une raison. Et, s'ils n'étaient pas enchantés à l'idée de cette nuitée dans une maison inconnue et délabrée, la perspective de dormir à la belle étoile en ces lieux ne les enchantait pas non plus. Ils entrèrent en file indienne. Julien les accueillit dans la pièce de séjour qui faisait office de salon et de salle à manger. Après avoir jeté un œil autour d'eux, Erwan déclara :

— Il doit y avoir des rats gros comme des chiens ici-dedans.

— S'il y en a, coupa Julien, je n'en ai pas croisé un seul lors de mon exploration. C'est poussiéreux, certes, mais cela va encore.

— Franchement, approuva Bertrand, je m'attendais à pire.

— Forcément, se moqua Gonzague. Quand on voit ta baraque…

— Qu'est-ce que tu veux dire ? s'énerva l'interpellé.

Voyant aux poings qui se serraient que les choses allaient mal tourner entre les deux protagonistes qui n'avaient jamais pu réellement s'entendre depuis toujours, Julien intervint :

— On se calme ! Tout de suite ! Je sais que vous êtes crevés mais on l'est tous ! Alors vous arrêtez immédiatement vos conneries !

Les deux intéressés se jaugèrent du regard mais n'esquissèrent plus un geste.

— Comme je l'ai déjà dit, on se pose ici pour la nuit et on avise demain ! Maintenant, installez vos sacs de couchage. On va passer la nuit dans cette pièce.

— On va dormir tous ensemble ici ? demanda Gonzague, subitement moins fanfaron.

— Si tu désires prendre une des chambres à l'étage, ne te gêne surtout pas pour nous, déclara le moniteur.

L'adolescent fit mine d'embarquer ses affaires mais se dégonfla à la dernière seconde et aligna sa couche sur celle de ses camarades. Le tout sous le regard narquois de Julien.

— Bien, reprit ce dernier, maintenant que les choses sont clairement établies, il est temps de penser à la nourriture. Je suppose que vos parents vous ont prévus un petit casse-croûte pour le trajet ?

Tous opinèrent du chef.

— Eh bien, c'est le moment de le manger. Pour ma part, j'ai trouvé ceci dans la pièce d'à-côté.

Il exhiba une vieille lampe tempête.

— Il y avait également de l'huile. Cela nous permettra d'avoir de la lumière durant toute la nuit.

— Julien ? demanda Noah d'une petite voix.

— Qu'est-ce qu'il y a ?

— Et le chauffeur ?

— C'est vrai ça ! s'exclama Jonathan. On fait quoi pour lui ?

Le moniteur parut réfléchir quelques instants avant de lâcher abruptement :

— On verra ça demain. Je ne me vois pas arpenter les bois en pleine nuit. À moins que l'un d'entre vous se porte volontaire ?

Il parcourut du regard les visages des cinq adolescents et sourit :

— Alors la question est réglée. Quand le jour sera levé, nous irons à sa recherche. Mais ne vous inquiétez pas.

Voyant les mines toujours aussi sombres de ses interlocuteurs, il lança sur un ton qu'il voulait joyeux :

— Allez, on mange et au dodo ! La journée de demain sera longue.

Les jeunes hommes dévorèrent leur en-cas et s'allongèrent immédiatement dans leurs sacs de couchage. Julien installa le sien dans un coin de la pièce. Les paupières closes, il feignit le sommeil et écouta les conversations à voix basses des jeunes gens. Leur inquiétude était palpable et le fait de passer une nuit dans cette maison inconnue n'arrangeait pas les choses. Une fois qu'il fut certain qu'ils étaient tous endormis, il se leva avec précaution et sortit fumer une cigarette.

Sur le porche branlant de la masure, il observa les arbres tout en savourant les bouffées et exhalait la fumée lentement. Il laissait son regard courir sur les troncs qui semblaient être autant de colonnes noirâtres érigées vers le ciel, autel végétal en hommage à un dieu païen. Lorsqu'il vit une ombre se détacher de derrière l'un d'eux, il esquissa un sourire. La démarche désarticulée de la créature était la même que dans ses souvenirs. Son rictus s'agrandit. Il était temps pour lui de retourner dans la demeure. Cette nuit serait particulière. Il retourna dans le plus parfait silence à sa place. Aucun adolescent ne s'était aperçu de son absence. Ils dormaient tous du sommeil du juste.

****

Erwan s'éveilla au beau milieu de la nuit. Il se redressa sur sa couche et tendit l'oreille. La pénombre était épaisse et seule la clarté lunaire filtrant à travers la fenêtre sans rideaux lui permettait de distinguer chichement les lits de ses camarades. La lampe tempête, à court d'huile, s'était éteinte. Tous ses amis dormaient sans exception. Il était donc le seul à avoir entendu ce bruit… pour autant qu'il n'ait pas rêvé. Le silence était maintenant total à l'exception du vent qu'il entendait siffler à l'extérieur. Il allait se recoucher lorsque sa vessie se manifesta, le tiraillant de manière pressante. L'idée de se rendre en pleine nuit aux commodités qui se trouvaient à l'autre bout du couloir ne le séduisait pas. Pourtant, il en était certain, il n'arriverait pas à se retenir toute la nuit. Il décida donc de se lever. A peine eut-il sorti le pied du sac de couchage qu'il tressaillit de froid, ce qui n'améliora en rien son envie d'uriner. Il fouilla ses affaires à la recherche de son smartphone tout en se félicitant d'avoir installé l'application lampe de poche dessus. Cela lui éviterait au moins d'affronter les ténèbres à tâtons.

— Où tu vas ?

Le murmure le fit sursauter. Réveillé par ses mouvements, son frère s'était redressé à son tour. L'air groggy, il le dévisageait.

— Et tire cette lumière de mon visage, grogna-t-il en se cachant les yeux.

Erwan dirigea le faisceau vers le sol et murmura :

— Je dois pisser. Rendors-toi. Je reviens tout de suite.

Il y eu un silence de quelques secondes comme si son frangin assimilait l'information et Gonzague grommela :

— Je t'accompagne. Tu m'as donné envie aussi.

— D'accord mais ne fais pas de bruit. Tout le monde dort.

Erwan ne comprit pas ce que son jumeau ronchonnait mais il était certain que ce n'était pas aimable. Fort heureusement, l'obscurité cachait son sourire. Gonzague détestait être réveillé au beau milieu de la nuit.

— Allez, on bouge ! intima-t-il en bousculant Erwan au passage. Et c'est moi qui y vais en premier. Ça t'apprendra à me réveiller !

L'interpellé ne réagit pas. Il savait très bien que cela ne servait à rien. Ils traversèrent l'étroit couloir aux ténèbres denses à la lueur du smartphone. Le papier peint partait en lambeaux à certaines places et cet aspect désolé les mettait franchement mal à l'aise. Le plancher était pourri par endroits aussi faisaient-ils attention où ils posaient les pieds. En arrivant aux toilettes, une odeur piquante leur agressa les narines.

— Purée ! Quelle infection ! s'exclama Gonzague.

Erwan éclaira le sol autour des toilettes sèches et une grimace de dégoût déforma son visage.

— On n'a pas le choix dit-il. C'est ça ou dehors. Tu préfères quoi ?

— Et merde ! râla à nouveau son frère en ouvrant sa braguette.

Un craquement fit sursauter Erwan qui éclaira le couloir. Il n'y avait rien. Il aurait pourtant juré avoir entendu le plancher craquer.

— Qu'est-ce que tu fous ! C'est ici que j'ai besoin de lumière !

— Excuse-moi. J'ai cru entendre quelque chose.

— Ouais c'est ça, se moqua son aîné de quelques minutes. T'as la trouille !

— Toi pas, peut-être ? C'est pas toi qui as eu les chocottes d'aller dormir à l'étage ?

— C'est bon ! Ferme ta grande gueule ou c'est moi qui te force à te taire.

Connaissant les accès de colère de son frère, Erwan n'insista pas. Mais il était heureux de l'avoir piqué au vif.

— À ton tour, poltron, dit Gonzague en lui arrachant le smartphone des mains.

Quelques secondes plus tard, ce fut à Erwan de rouspéter car son frère jouait avec la lumière. En tournant la tête, il pouvait distinguer son ombre.

— Bon t'arrêtes tes conneries ? T'es pas drôle.

— Je crois que t'avais raison. J'ai cru voir quelque chose dans le couloir. Y a quelqu'un d'autre.

— Ouais c'est ça, se gaussa Erwan afin de ne pas laisser transparaître son inquiétude.

Il ne comptait plus le nombre de mauvaises blagues que Gonzague avait fait à ses dépens juste pour lui flanquer la frousse.

— Non, j'te jure ! dit l'adolescent en tendant le coup comme s'il avait effectivement aperçu quelque chose Qu4il cherchait à discerner. J'ai…

La suite se perdit dans un borborygme humide tandis que la lumière vacillait en tous sens jusqu'à ce que le smartphone s'écrase sur le sol, plongeant Erwan dans l'obscurité la plus totale.

— Putain arrête de faire le con ! glapit-il. J'me suis pissé sur les pieds !

Pourtant, au lieu du rire moqueur de son frère et du retour de la lumière sur son faciès hilare, Erwan n'eut droit qu'à un bruit sourd que son cerveau identifia immédiatement comme celui d'un corps lourd qui s'effondre sur le plancher.

L'odeur devenait plus putride, comme si un charognard lui soufflait son haleine en plein nez. La terrifiante sensation qu'il n'était pas seul dans ces toilettes abandonnées. Lorsqu'une main osseuse lui effleura la joue, Erwan s'égosilla comme une fillette et se précipita hors des toilettes. Il glissa sur quelque chose de poisseux et s'étendit de tout son long. Des doigts crochus se refermèrent sur son avant-bras, lui entaillant profondément les chairs alors qu'il se relevait en hâte. Il se débattit pour se libérer de l'étreinte, agrandissant de ce fait la blessure. Ils entait son sang chaud inonder sa manche. Mais la peur supplantait la douleur et lui donna la force de fuir.

Il déboula comme un fou au milieu du salon. Ses compagnons, alertés par le bruit, étaient déjà tous réveillés. Julien s'affairait à rallumer la lampe-tempête.

— Qu'est-ce qui se passe ? demanda-t-il en voyant l'adolescent faire irruption.

— C'est Gonzague !!

— Qu'est-ce qu'il a encore fait ce con ? tonna Jonathan à la surprise de tout le monde.

— Il… Il est…

Sa voix se brisa sur un sanglot lorsqu'il lâcha le mot fatidique :

—… mort !

— Qu'est-ce que tu racontes ? dit Julien qui avait enfin réussi à allumer la lampe.

Pourtant, lorsque la lumière éclaira le jeune homme, le même cri de stupeur sortit à l'unisson de toutes les gorges. Les vêtements de l'adolescent étaient couverts de sang et les plaies de son bras n'étaient pas belles à voir.

— Qui t'as fait ça ? demanda Julien.

— Je sais pas qui c'est… ou ce que c'est. On était parti aux toilettes et ce truc nous a sautés dessus. J'ai rien vu, je…

— Restez ici ! Tous ensembles ! Je vais aller voir.

Personne n'eut la force de s'opposer à cette décision et encore moins le courage de lui proposer assistance. Une nouvelle fois, le silence prit possession des lieux ainsi que les ténèbres. Personne n'osait prononcer le moindre mot, retenant son souffle pour mieux écouter.

Lorsque le silence fut brisé, ce fut sur des exclamations et un bruit de lutte qui convergèrent vers des cris de douleurs. Et puis le silence revint, impérieux.

Il n'en fallut pas plus pour jeter la panique sur les jeunes gens qui, comme un seul homme, s'élancèrent dehors sans même réfléchir. Mieux valait être n'importe où qu'en cet endroit. Même si ce n'importe où devait être le centre d'une forêt au beau milieu de la nuit !

— Vous croyez que julien est… ? demanda Jonathan, courbé en deux pour reprendre son souffle.

Personne ne répondit. Au vu des hurlements, la réponse semblait claire pour tout le monde. Aussi le jeune homme n'insista pas.

— Et t'as rien vu ? demanda Bertrand plein d'une sollicitude inhabituelle dans son chef tout en inspectant les plaies de son ami.

Erwan fit un signe de dénégation et, une fois son examen terminé, l'autre garçon grimaça : les plaies sont pas belles à voir. J'ai peur que ça s'infecte.

— Qu'est-ce qu'on fait maintenant ? demanda Noah en chuchotant comme s'il avait peur d'attirer la chose.

— On retourne au car, répondit le fils du notaire.

Son caractère frondeur refaisait surface et, en ce moment précis et avec tout ce qui venait de se passer, personne n'avait envie de s'opposer à ce qu'il prenne la direction des opérations. Erwan demanda pourtant :

— T'es sûr que c'est une bonne idée ?

Son interlocuteur haussa les épaules et répondit :

— C'est comme vous voulez mais je trouve cela préférable à errer sans but dans cette forêt. Le jour ne va pas tarder à se lever et nous pourrions attendre le soleil bien à l'abri. De plus, il y a certainement une trousse de secours. On pourrait nettoyer ta blessure.

Ces propos logiques et plein de sagesse firent l'unanimité. Ils regagnèrent la route d'un pas hâtif, pressés de quitter les bois. Le véhicule était resté ouvert contrairement à ce que certains avaient craint et ils s'enfermèrent à l'intérieur. Bertrand donna ses ordres :

— Noah, tu te places à l'arrière. Jonathan, tu te mets à l'avant. Regardez la route au cas où un véhicule passerait. On pourrait toujours lui demander de nous emmener loin d'ici.

— Et si le chauffeur revient ? demanda Erwan.

Le regard que lui adressa son ami en disait long sur sa pensée. À cet instant, l'étincelle d'espoir allumée par l'hypothétique passage d'un véhicule salvateur fut balayée par la quasi-certitude que le chauffeur avait subi le même sort que Gonzague et Julien.

Ce fut dans un silence uniquement troublé par les respirations que la peur saccadait que Bertrand désinfecta les blessures d'Erwan.

— Les entailles sont profondes, souffla-t-il tout en faisant un bandage. Tu devras te faire recoudre quand on sortira d'ici.

— Si on s'en sort, glissa l'adolescent.

— Faut pas dire ça. On va s'en tirer.

— Tu ne sais pas ce que j'ai vu. Gonzague était tout sauf une mauviette. Tu le sais bien. Pourtant, quelle que soit la chose ou la personne qui l'a attaqué, elle était d'une force surhumaine. Il n'a pas tenu cinq secondes.

— Et tu n'as rien vu ?

— Que dalle. Il faisait trop sombre.

Bertrand allait répondre lorsque Noah glapit :

— J'ai vu quelque chose !

L'exclamation fit accourir ses compagnons à l'arrière du bus. Ils pressèrent leurs visages contre la vitre arrière essayant en vain de distinguer quelque chose.

— Où ça ?

— Je vois rien ?

— T'es sûr ?

Les voix des adolescents s'entremêlaient.

— Juste là, persista le garçon en désignant du doigt la lisière sombre. Quelque chose a bougé !

— Un animal peut-être ? suggéra Jonathan.

— Non, c'était…

Il s'interrompit.

— Juste là ! reprit-il. Vous voyez ?

Ses compagnons observèrent le point indiqué et tous se figèrent. Ils n'avaient pas de suite repéré la chose en partie dissimulée par un tronc mais, maintenant qu'elle avait entièrement émergé de sa cachette, ils contemplaient ce spectacle terrifiant. La silhouette décharnée avançait vers le car d'une démarche de pantin désarticulé qui glaçait le sang.

— Qu'est-ce que c'est que cette merde ? jura Bertrand en filant vers l'avant du véhicule pour vérifier que la porte du car était bien fermée.

Il s'immobilisa au bout de quelques pas et, d'une voix tremblante, il s'écria :

— Il y en a un autre ! Là ! Sur la route !

Les adolescents quittèrent leur poste d'observation

et se précipitèrent à ses côtés.

Accroupie sur la bande d'asphalte tel un fauve prêt à bondir se tenait une silhouette squelettique. Le fait qu'elle soit recroquevillée sur elle-même les empêchait de déterminer sa taille avec exactitude mais la longueur de ses immenses bras décharnés semblait disproportionnée. Le visage de l'apparition esquissa un sourire carnassier et se déplia lentement pour se relever. Lorsqu'elle effectua son premier pas en direction de leur refuge, les adolescents eurent un cri de terreur. Sa démarche grotesque aux gestes accentués revêtait, en cette sombre nuit d'automne, un caractère cauchemardesque. Les immenses membres s'agitaient de chaque côté et les doigts des créatures se replient et se dépliaient comme les serres d'un rapace.

Un son métallique retentit à l'arrière du véhicule. C'était l'autre monstruosité ! Absorbé dans leur morbide contemplation, les jeunes gens l'avaient complètement oubliée ! La chose s'était ruée à l'assaut et essayait de déchirer le métal de ses longs doigts. Ce fut la première fois qu'ils croisèrent le regard de l'un de ces monstres. Le visage ovoïde avait un caractère féminin bien qu'il ne fut plus humain depuis longtemps.

La bouche se tordait sur des dents acérées et noirâtres. Mais le regard de ces êtres fut ce qui les terrorisa le plus. Ne reflétant aucun sentiment, aucune émotion, ni rage ni colère, ils n'exprimaient que la froide certitude de leur mort prochaine.

— Il faut sortir d'ici ! hurla Noah au comble de l'hystérie.

Bertrand ne laissa pas le mouvement de panique croître. Il gifla immédiatement son compagnon et lui intima de se taire. Il le fit assoir de force sur un siège et, d'une voix qu'il essaya de maîtriser, lui demanda :

— Tu veux sortir ? Réfléchis un peu ! Tu ne ferais pas trois pas que ces choses te sauteraient dessus !

— Ici, on est à l'abri ! s'exclama Jonathan.

— Tout-à-fait, reprit Bertrand. Jamais elles ne pourront entrer.

À ce moment précis, la vitre trembla. Ils virent avec effroi l'autre abomination brandir une immense branche et la fracasser avec force sur le verre qui, jusque-là, résistait aux chocs répétés.

— Ils ne rentreront pas je vous dis ! insista Bertrand.

Cependant, sa voix trahissait son doute. Ce dernier fut confirmé quelques secondes plus tard lorsque le pare-brise vola en éclats, livrant passage au monstre. L'autre créature émit un son effroyable, entre le cri et le gémissement, et se précipita vers la brèche ouverte à son tour.

Était-ce du courage ? De l'inconscience ? Avait-il subitement perdu la raison face à ces choses vomies par l'enfer ? Bertrand s'interposa entre ses camarades et les assaillants tout en brandissant l'extincteur qu'il avait décroché sous l'une des banquettes.

— Reculez ! hurla-t-il. Si vous avancez, je…

Sa menace s'étouffa dans son propre sang lorsque, d'un mouvement rapide, sa gorge fut tranchée. L'adolescent tomba à genoux et la créature se jeta sur son cou ensanglanté. Les dents pourries se plantèrent et déchirèrent les chairs fragiles et l'autre monstre propulsa le corps agonisant sur le dos et lui ouvrit le ventre à la force des mâchoires. Les quatre autres ados se ruèrent vers la sortie, comptant sur le fait que les créatures se repaissaient du corps encore agité de spasmes de leur ami. Noah fut attrapé par les cheveux et littéralement jeté vers l'arrière du bus. Son corps retomba mollement et sa nuque émit un craquement sinistre. Jonathan fut saisi par la gorge, la poigne de son agresseur lui écrasant la tranchée et donnant à ses hurlements la puissance de ceux d'une souris. De l'autre main, la chose l'éventra au milieu du véhicule. La plaie béante déversa les intestins avec un bruit mouillé et une odeur écœurante envahit l'habitacle.

Erwan se précipita comme un fou vers l'avant, évitant de justesse la prise d'un des monstres et sauta à travers la fenêtre. Il s'écorcha le haut des cuisses sur le verre brisé fiché dans le caoutchouc du pourtour du parebrise et retomba lourdement sur la chaussée. Il se releva promptement, mû par la terreur, et courut droit devant lui sur le ruban d'asphalte sans regarder derrière lui.

Était-ce une impression ou les rires sinistres des montres retentissaient derrière lui ? Mais il ne voulait pas perdre de temps à se retourner et risquer de les voir sur ses talons. Non ! Il continua à courir, ses pieds martelant le bitume en résonnant. Et si ce bruit trahissait sa présence ? Il s'efforça de chasser cette pensée. De toute façon que pouvait-il faire d'autre ? S'enfoncer dans les bois ? Hors de question. Enlever ses pompes ? Le revêtement de la route aurait tôt fait de lui déchiqueter la peau de la plante des pieds. Cette dernière réflexion ne manqua pas de lui remettre en mémoire les corps évidés de ses amis, leurs hurlements de souffrance. Il s'efforça de ne plus songer à rien d'autre qu'à la route qui défilait sous ses pieds.

Combien de temps courut-il ainsi ? Il aurait bien été incapable de le dire. Pas plus que la distance qu'il avait parcouru. Ce n'est qu'en s'arrêtant, les poumons en feu, qu'il prit la peine d'y réfléchir. Avant qu'il n'obtienne la réponse, une forme sombre sortit de la lisière de la forêt et se jeta sur lui, l'entraînant à l'écart. Erwan cria de terreur mais l'être le rassura :

— Ne reste pas là ! soufflait-il. Elles ne sont sûrement pas loin ! Nous devons nous cacher !

La peur fit place à la surprise lorsqu'il reconnut le chauffeur du bus. Il n'était donc pas mort ! Le soulagement d'être vivant combiné à celui de ne plus être seul le fit se jeter dans les bras de cet homme qu'il ne connaissait pas depuis longtemps. Ce dernier lui tapait amicalement dans le dos en s'efforçant de le rassurer :

— Là. Là. C'est fini. Calme-toi.

Ce n'est qu'une fois calmé qu'Erwan desserra son étreinte.

— Je pensais que vous étiez… commença-t-il.

— Ces saloperies ont bien failli m'avoir. Je vous attendais bien tranquillement dans le bus lorsque j'ai vu ces choses arriver de la forêt. J'avoue que j'ai directement pris mes jambes à mon cou. Jamais je n'avais vu pareille abomination. Elles m'ont pris en chasse et je ne sais pas comment j'ai réussi à leur échapper. Ensuite, j'ai essayé de rejoindre la station-service pour chercher du secours.

— Et ? demanda Erwan d'une voix pleine d'espoir.

— Elle est désaffectée, lâcha le chauffeur, dépité.

L'adolescent se laissa tomber sur les genoux, la tête serrée entre les mains. Il sanglotait.

— On doit bouger, dit l'homme après quelques secondes. Si on reste ici, on est trop à découvert. Tu sais où sont les autres ? Ils ont réussi à s'enfuir ?

Erwan fit signe que non de la tête.

— Ils sont tous morts, glissa-t-il, au comble de l'épuisement nerveux et physique.

— Et merde ! jura le conducteur. Allez, on se tire d'ici. Le jour ne va plus tarder à se lever.

— On se tire ? Pour aller où ? s'emporta l'adolescent.

— On va rejoindre la station-service. On y sera plus en sécurité qu'au beau milieu de la route. À moins que tu n'aies une meilleure idée ?

— Non. Malheureusement…

— Alors suis-moi. Il y a un chemin qui rejoint la station. Elle n'est plus très loin. T'as couru un bon bout de chemin.

— On retourne dans la forêt ?

— Ouais. Sur la route, nous sommes trop à découvert.

Trop fatigué pour protester, le jeune homme emboita le pas à son compagnon d'infortune.

Les premiers mètres qu'ils parcoururent entre les arbres furent fort éprouvants pour l'adolescent. Il ne cessait de jeter des coups d'œil à droite et à gauche, craignant de voir bondir de derrière un arbre l'une de ces créatures. Mais, au fur et à mesure qu'ils s'enfonçaient sur ce petit chemin, il recouvra son calme.

Après un énième détour du chemin, une voix les fit sursauter :

— Ah quand même ! J'ai cru que tu ne l'avais pas rattrapé.

À ce moment, le chauffeur saisit le bras d'Erwan et

le serra fortement.

— Il a bien failli s'échapper, rigola-t-il, mais je l'ai rattrapé de justesse. Allez, avance ! ordonna-t-il en tirant fortement le garçon en avant.

Erwan n'en croyait pas ses yeux.

— Julien ? bredouilla-t-il. Tu es vivant ? Je croyais…

— Je sais ce que tu as cru, trancha abruptement le moniteur d'un ton sec. Tu nous en as fait voir ! Un peu plus et tu foutais tout par terre.

L'adolescent ne comprenait rien à ses paroles. Quelle était cette folie ?

— Amène-le par ici, ordonna-t-il au chauffeur. Elles sont affamées. Surtout Mère !

Comme Erwan ne cessait de se débattre, le conducteur lui asséna une bonne droite en pleine joue et chargea le garçon désormais inconscient sur son épaule. Ce n'est que lorsqu'on le laissa lourdement tomber sur le sol qu'il revint à lui. Et le spectacle qu'il apercevait à travers les brumes de son inconscience qui se dissipait le tétanisa.

Ils se trouvaient au centre d'une petite clairière. Neuf corps étaient suspendus par les pieds aux branches basses de gigantesques arbres. Erwan reconnut immédiatement les corps mutilés de ses amis dont les traits du visage semblaient figés sur leur dernier masque de visage. À gauche des dépouilles de ses compagnons, les autres jeunes gens gesticulaient encore. Les deux créatures qui les avaient attaqués dans la maison et dans le bus étaient également présentes. Elles tournaient autour des adolescents qui roulaient des yeux de terreur et hurlaient leur détresse.

— Hurlez mes gaillards, s'amusait Julien en contemplant cette scène. Je vous l'ai déjà dit, personne ne viendra à votre secours.

— Il est revenu à lui ! tonna la voix du chauffeur dans le dos d'Erwan.

Le moniteur se tourna vers lui et esquissa un sourire de satisfaction.

— Très bien ! dit-il en tapant joyeusement des mains. La cérémonie va pouvoir commencer !

À ces mots, les deux immondes créatures glapirent de contentement et se ruèrent au bord d'un gigantesque trou qu'Erwan n'avait pas encore remarqué. Julien s'en approcha également et, d'une voix pleine d'emphase, déclama :

— Que commence la troisième nuit de Samonios !

Que le sang de ces innocents nous assure prospérité et survivance au sein de la saison sombre qui s'annonce !

Erwan tourna la tête jusqu'à se dévisser le cou afin d'apercevoir le chauffeur. Il arborait une expression béate. Erwan songea immédiatement à des fanatiques religieux.

Il se débattit mais se calma instantanément lorsque le chauffeur lui murmura en désignant les corps pendus aux arbres :

— Si tu ne te calmes pas tout de suite, on te réserve le même sort ! Regarde et apprend !

Julien reprit :

— Que soient repues la Mère et ses Filles ! Qu'elles nous accordent leur sanglante bénédiction !

À ces mots, une troisième créature, semblables aux deux autres mais en bien plus gigantesque, s'extirpa du trou de la clairière. Son visage hideux aux traits décharnés, ses yeux laiteux et ses dents osseuses taillées en pointes soulevèrent une vague de dégoût chez Erwan. Ses mains monumentales étaient aussi semblables aux griffes des rapaces et s'enfoncèrent profondément dans le sol tandis qu'elle s'extirpait jusqu'à la moitié de sa poitrine.

Julien se laissa tomber à genoux devant cette horreur et, les bras écartés, s'extasia :

— Mère ! Je suis ton humble serviteur !

Il désigna ensuite les corps suspendus et reprit :

— Accepte ces offrandes en guise de notre soumission.

L'effroyable créature tourna la tête et un horrible rictus découvrit ses gencives noirâtres. Les deux êtres de plus petite taille se dirigèrent alors vers les corps inertes de Jonathan, Noah, Gonzague et Bertrand. Elles en arrachèrent les bras et les jetèrent en pâture à la chose qui les dévora lentement. Ce rituel s'acheva jusqu'à ce que les quatre dépouilles aient été entièrement dévorées par Mère.

Les cinq survivants étaient toujours pendus tête vers le sol mais plus aucun ne s'agitaient. Deux avaient perdu connaissance et les trois autres étaient en état de choc. La force de se débattre et hurler les avait quittés.

Julien se tourna et fit signe au conducteur d'amener Erwan à ses côtés.

— Maintenant Mère, je te présente mon successeur ! Si tu l'acceptes comme tel, ce sera lui qui te nourrira. Sinon, je continuerai à te servir avec joie.

L'adolescent fut mené de force à côté du moniteur, juste en face de la tête monstrueuse qui se pencha en avant comme pour le renifler. Erwan ferma les yeux, s'attendant à ce que l'abomination le coupe en deux d'un seul coup de mâchoires. Pourtant, lorsqu'il les rouvrit au bout de quelques secondes, la créature n'avait toujours pas bougé. Elle l'observait, le jaugeait. Elle esquissa finalement un sourire et entrouvrit les lèvres. La puanteur qui s'échappa de sa bouche força Erwan à entamer un mouvement de recul mais il en fut immédiatement empêché par le chauffeur qui ne l'avait pas lâché d'une semelle. Une langue rosée et bifide franchit la commissure des lèvres et se posa sur les plaies de l'avant-bras d'Erwan qui n'avait même pas remarqué qu'il avait perdu son bandage.

— Tu vois Mère ! Tes filles l'ont déjà marqué ! Il porte tes stigmates !

Tout en disant cela, il retroussa Julien retroussa sa propre manche de chemise, dévoilant des cicatrices aussi profondes que celles qu'Erwan ne manquerait pas de garder. D'une voix fanatique, le moniteur murmura ensuite à l'oreille de l'adolescent :

— Elle t'a jugé digne ! C'est un grand jour pour toi !

Puis, sans attendre de réponse, il se releva et continua :

— Puisque tu en as décidé ainsi, Mère, c'est ce garçon qui continuera le rituel ! Puisse-t-il t'honorer comme je l'ai toujours fait !

Le conducteur releva Erwan, mais avec une certaine déférence cette fois. On pouvait lire de la crainte dans ses yeux. Les deux autres créatures s'approchèrent de leur démarche désarticulée et s'arrêtèrent à quelques mètres d'Erwan.

— Elles attendent tes ordres !

— Quoi ? s'étonna le jeune homme.

Patiemment, Julien continua :

— Tu dois poursuivre la cérémonie ! Ce rituel immuable qui assure prospérité et sécurité depuis des siècles à notre village !

Ensuite, désignant les cinq jeunes gens à sacrifier, il continua :

— Offre ces vies et nous continuerons à vivre au sein de la forêt sans rien avoir à craindre ! Mère et ses filles y veillent depuis toujours ! C'est un grand honneur qui t'es fait ! C'est pour cela que vous avez été désignés pour ce voyage ! Voilà l'espoir que notre village a placé en vous ! Que vos parents ont mis en vous ! L'éternité est à ce prix !

À cet instant précis, Erwan comprit le sens de toute cette folie. Il n'y avait jamais eu de tirage au sort pour désigner les gagnants d'un quelconque parcours scolaire ! Tout avait été orchestré dans un seul et unique but qui se dévoilait aujourd'hui sous ses yeux ! Ils vouaient un culte à une abomination qui assurait leur survie en échange de sacrifice ! Une divinité païenne réclamait ses offrandes sanglantes !

— Neuf victimes et un bourreau ! continua Julien d'une voix frôlant l'hystérie. Un élu pour neuf déchus ! Tels sont les termes du rituel ! Tous les 25 ans, un sacrifice doit être fait pour prouver notre dévotion ! Dans le même nombre d'années, un successeur te sera désigné ! Mais pour que la chaîne de vie ne soit pas brisée, tu dois officier !

Erwan regarda tour à tour le conducteur et le moniteur :

— Vous voulez dire que les habitants du village ne meurent jamais ? Qu'ils sont immortels ? Et que ces sacrifices, celui de leurs propres enfants, est fait avec leur consentement ? Mon père et ma mère auraient été prêts à nous sacrifier en échange de…

— De la vie éternelle sur cette terre, oui ! hurla Julien extatique. Tu seras comme nous ! Tu ne vieilliras jamais ! Tout comme ceux du village de T. qui nous a offert ces enfants à sacrifier ! Tous, nous bénéficierons des bienfaits de Mère.

— Et je devrais faire comme vous ? Sacrifier certains mes enfants ? Tuer ceux de mes amis ?

— Avec leur accord ! Qu'est-ce que quelques vies sacrifiées en échange de ce présent ?

— Et si je refuse ? Si je ne veux pas être un bourreau ?

Le visage du moniteur s'assombrit et les deux créatures firent un pas en avant, menaçantes. Julien leva une main et s'avança avec un sourire :

— Cela ne changerait absolument rien. Crois-tu que tu arriverais à sortir vivant de ces bois ? Elles auraient tôt fait de te rattraper et le rituel aurait lieu de toute façon étant donné que je m'en chargerais. Jadis, les mêmes questions m'ont envahi. C'est dans l'amour de Mère et des miens que j'ai trouvé ma réponse.

— Je suppose que tu as raison. Et je ne veux pas mourir aujourd'hui. Ni demain !

— Que le rituel continue ! s'exclama Julien avec un grand sourire en le saisissant par l'épaule.

— Que dois-je faire ? demanda Erwan.

— Tranche la gorge des sacrifiés, sourit Julien. Les Filles s'occuperont du reste.

Le jeune homme s'approcha de la première offrande et lui murmura dans le creux de l'oreille :

— Je suis désolé ! Ta vie est le prix à payer pour la mienne et celle de mes proches !

D'un mouvement ample du bras, il trancha la carotide du jeune inconnu. Il se recula, les vêtements tâchés du sang qui giclait de la carotide et passa au second. Il ouvrit les gorges comme un bourreau à l'abattoir, d'un geste mécanique, sans émotions aucune.

Il observa les Filles se repaitre des entrailles fumantes avant de démanteler les corps pour en offrir les membres à Mère.

Il écouta poliment quand le désormais ancien maître de cérémonie lui dit :

— Sois le bienvenu ! Les démons de la forêt des suppliciés veilleront sur toi désormais ! La vie éternelle t'est accordée en échange de ta dévotion.

Pourtant, nulle émotion ne se lisait sur son visage. Il

n'éprouvait pas la même joie fanatique que Julien et le chauffeur.

Peut-être que cela viendrait plus tard ?

Quand il aurait goûté à l'éternité ?

Le mystère de Chelsea Drive

Mardi 04 juillet 2001.

01 : 03.

Le shérif Baker ouvrit les yeux. Le téléphone l'avait tiré du sommeil. La sonnerie stridente se répétait encore dans ses oreilles tel un écho. Il secoua la tête et réalisa alors que le téléphone sonnait encore et qu'il ne s'agissait nullement d'un vestige de son sommeil. Il tendit le bras et décrocha le combiné.

— Baker, dit-il d'une voix pâteuse.

— Shérif ! C'est Bruce !

Bruce était un jeune adjoint qui était rentré en service à ses côtés quelques mois plus tôt. D'une nature fort nerveuse et impulsive, il n'en prenait pas moins son travail très au sérieux et était particulièrement méticuleux dans ses rapports.

— Calme toi Bruce. Qu'y a-t-il ?

— Vous devriez venir shérif ! Au 48 Chelsea Drive !

— Que s'est-il passé ?

— C'est trop long à expliquer. Nous avons appelé le coroner juste avant de vous prévenir. Il ne va pas tarder, je suppose.

— OK ! J'arrive tout de suite. Ne touchez à rien avant que je ne sois là.

— D'accord shérif. A tout de suite.

En quelques minutes, le shérif fut prêt. Il monta au volant de sa vieille Ford Mustang et démarra en trombe. Il était parfaitement réveillé maintenant. L'adrénaline avait chassé les dernières bribes de sommeil. Il ignorait ce qui se passait mais son adjoint n'avait pas pour habitude de l'appeler en pleine nuit pour des broutilles. De surcroît, c'était un garçon qui ne paniquait pas rapidement et il en fallait beaucoup pour l'intimider. Baker se souvint que la première affaire qui avait été confiée à Bruce remontait au tout début de son entrée en service, il y a environ six mois. Un accident de la route assez important s'était produit à l'entrée de la ville et Bruce avait été dépêché sur place en compagnie du shérif. En fait, le routier avait bu en avait fauché un ouvrier qui travaillait le long de la route. Le pauvre homme avait littéralement éclaté sous le choc. Alors que Baker s'attendait à voir son adjoint se répandre sur le bitume, il n'en fut rien. Il avait au contraire aidé les enquêteurs à ramasser les morceaux éparpillés du malheureux.

Le fait que Bruce soit aussi énervé signifiait que quelque chose de grave avait dû se produire. Baker pensa fort justement qu'il s'agissait soit d'un accident soit d'un meurtre étant donné que son adjoint lui avait dit avoir appelé le coroner. Or, on n'appelle ce dernier que s'il y a un mort. Un meurtre paraissait fort peu probable étant donné que Chelsea Drive était une petite rue très calme. Les affaires qu'avait à résoudre la police locale relevaient plus des disputes de ménage ou des bagarres d'ivrognes que de crimes crapuleux. Même les accidents de la route étaient fort peu fréquents. C'est bien simple, le dernier ayant eu lieu était celui dont s'était occupé Bruce. Et encore, il avait été commis par un routier de passage. Quant au dernier crime, le shérif Baker n'avait pas encore eu à s'en occuper et cela faisait maintenant plus de quinze ans qu'il exerçait ce métier.

01 : 34

Le shérif arriva sur place. Il n'eut pas de mal à identifier la maison étant donné que la voiture de son adjoint était garée juste en face toutes lumières allumées et que les voisins s'étaient attroupés à quelques mètres de l'entrée afin de savoir ce qui s'était passé. Baker fit fonctionner la sirène afin d'intimer l'ordre aux curieux de s'écarter pour le laisser passer. Il coupa le moteur et descendit de son véhicule.

— Veuillez reculer s'il vous plaît, demanda-t-il à la foule qui s'était rapprochée dès que sa voiture s'était immobilisée.

— Que s'est-il passé shérif ? demanda une vieille dame.

— Je n'en sais rien moi-même. Veuillez vous écarter maintenant que nous puissions faire notre travail.

— Ah shérif ! Vous êtes là ! dit une voix derrière lui.

Bruce venait de sortir de la maison. Baker ne l'avait jamais vu comme cela. Son adjoint était blanc comme un mort, le visage défait. Il réalisa à ce moment-là que ce qui s'était passé devait être très grave pour le mettre dans un tel état.

— Ca va ? s'enquit-il auprès de son adjoint.

— Pas terrible. C'est une véritable boucherie là-dedans. Une voisine nous a téléphoné pour nous prévenir qu'elle entendait des cris provenant de la maison en face de chez elle. Lorsque nous sommes arrivés, tout était déjà fini.

— Je t'accompagne. Tu as une idée de ce qui s'est passé ?

— Aucune pour l'instant. Un meurtre c'est certain mais on en saura peut-être plus long quand le coroner aura effectué son autopsie. Et on a un témoin.

— Un témoin ?

— Une pour être précis. Une petite fille.

— Où est-elle ?

— On l'a sortie de la maison. Il ne servait à rien de la garder ici. Elle se trouve chez la dame qui nous a prévenue. Le sergent Briss est avec elle en attendant la venue du psychologue.

Ils rentrèrent dans la maison. Dès qu'ils eurent

franchi le seuil, un odeur âcre les saisit à la gorge. C'était l'odeur du sang. La victime se trouvait dans la cuisine. Il y avait du sang partout. C'était un véritable carnage. Le shérif avisa le corps d'une femme. Il n'aurait su dire quel âge elle avait tant son corps avait été lardé de coups de couteau. Non content de l'avoir complètement défigurée, l'assassin avait littéralement mutilé. Tous les membres avaient été séparés du corps et eux-mêmes avait été coupés en morceaux. Il y en avait partout dans la cuisine comme si le meurtrier avait pris un malin et malsain plaisir à les jeter à travers la pièce. Le tronc avait été éviscéré et les boyaux répandus sur le sol stagnaient dans le sang et les déjections. Le shérif sentit le cœur lui remonter dans la gorge. Il se retint à grand peine de vomir.

— Quelle horreur ! dit-il. On a une idée de qui a fait cela ?

— On a plus qu'une idée, shérif. On a le corps de l'assassin.

L'adjoint entraîna son supérieur dans la pièce voisine. Un homme d'environ une trentaine d'année reposait sur le dos. La lame d'un couteau de cuisine ressortait de sa poitrine. Il avait visiblement été poignardé et était tombé sur l'arme qui avait traversé le corps.

— Comment es-tu sûr qu'il s'agit de l'assassin ? C'est peut-être une autre victime.

— Je ne crois pas. Regardez-le bien. Son visage ne vous dit rien ?

Le shérif observa le corps à ses pieds.

— Nom de Dieu ! dit-il. Norman Sheffield !

— Exactement ! Je l'ai reconnu immédiatement.

Norman Sheffield était un prisonnier en cavale récemment échappé du pénitencier de Berkley situé à quelques kilomètres de là. L'information passait en boucle sur toutes les chaînes de télévision. Elles recommandaient la plus grande prudence aux habitants de la région en raison de la dangerosité extrême du criminel. C'était un psychopathe qui s'était rendu coupable d'une vingtaine de meurtres reconnus et les autorités soupçonnaient qu'il y en avait bien d'autres à découvrir. Le meurtrier n'avait cependant jamais avoué d'autres crimes que ceux qui lui avaient été imputés malgré les interrogatoires. Il avait commis ces meurtres sur une période de cinq ans. II avait été marié à Susan Bolley durant tout ce temps et elle n'avait jamais rien soupçonné jusqu'au jour où elle l'avait surpris en train de quitter sa voiture avec un bocal en verre dans les mains. Dans ledit bocal flottaient deux yeux bleus. Malgré sa peur, Susan avait fait semblant de dormir quand son époux était venu s'allonger auprès d'elle dans le lit mais elle n'avait pas fermé l'œil de la nuit. Le lendemain, quand son mari s'est absenté comme d'habitude pour aller travailler à la quincaillerie locale, elle en avait profité pour se rendre dans l'abri situé au fond du jardin. Norman avait toujours interdit à sa femme de s'y rendre et elle s'était exécutée sans poser de questions. C'était une femme d'ordinaire soumise et dévouée à son époux. La police trouva dans l'abri de jardin de nombreux récipients dans lesquels flottaient des paires d'yeux. C'est grâce à cela que la police sut que le nombre de victimes effectives de Norman Sheffield était plus élevés que celui des recensées. Norman se laissa arrêter sans opposer de résistance. Il ne chercha même pas à fuir les autorités. Devant les tribunaux, il resta impassible, son visage ne trahissant aucune émotion. Les témoins et les parents des victimes défilaient à la barre et ne suscitaient en lui aucune réaction. Rien ne reliait entre elles les victimes de Norman. Il avait jeté son dévolu aussi bien sur des hommes que des femmes et, dans de très rares cas, des enfants. Aucun élément de l'enquête n'apporta de lumière sur ses motivations. La défense plaida la folie mais ce système de défense fut rapidement mis à mal par les analyses psychiatriques dont Norman fut l'objet. Les experts le déclarèrent même plus intelligent que la moyenne. Sa folie n'était donc nullement passagère mais bien structurée. La phrase qui revint le plus dans la bouche des personnes connaissant Norman et appelée à témoigner était « on n'aurait jamais cru cela de lui ». Et pour cause, il projetait l'image d'un gentil garçon, généreux et serviable, ainsi qu'un père exemplaire adorant sa fille et son épouse. Sous cette façade enchanteresse se cachait en fait un criminel froid et organisé. Rien dans sa vie de tous les jours ne laissait transparaître les faits odieux dont il se rendait coupable.

— Voilà le coroner, dit Bruce tirant ainsi le shérif de ses pensées.

L'homme qui entra dans la pièce affichait une cinquantaine d'années. Il avait le teint rougeaud et était bien en chair. Sous cette apparente bonhomie se cachait un esprit très vif et brillant. Le shérif le connaissait depuis de nombreuses années et était toujours admiratif devant la valeur de celui qui au fil du temps était devenu un ami.

— Salut Bruce. Salut Steve, dit le nouvel arrivant. C'est quoi ce bordel ?

— Salut Jack, répondit le shérif Baker. On a un sale boulot pour toi.

— A en juger par l'odeur qui flotte ici, ca ne m'étonne pas. Où est le corps ?

— Les corps. Il y en a un dans la cuisine et l'autre dans le couloir adjacent. Suis-nous, on va te montrer.

Lorsqu'il arriva dans la cuisine, Jack marqua un temps d'arrêt devant le cadavre de la femme étendu sur le sol..

— Tu me connais depuis longtemps Steve. Tu sais qu'il en faut beaucoup pour me soulever le cœur mais je n'ai jamais vu ça. On va devoir recourir à l'analyse dentaire pour identifier le corps. A moins que tu ne saches de qui il s'agit ?

— La logique voudrait que ce soit la résidante de cette maison. Comment s'appelait-elle encore, Bruce ?

— Sandy Ridgemont, shérif.

— A première vue, dit le coroner qui s'était déjà penché sur le cadavre, je dirai que la mort remonte à un peu plus de deux heures. Je pourrais peut-être vous en dire plus quand je l'aurai analysé convenablement.

— Vous disiez qu'il y avait un autre corps ?

— Ouais, répondit l'adjoint. Suivez-moi.

Ils passèrent dans la pièce d'à côté.

— Tiens, tiens. Norman Sheffield, dit le coroner.

— Bravo, répondit le shérif. Tu l'as reconnu du premier coup.

— Je n'ai pas grand mérite. Avec tous ces spots que la télévision nous matraque à longueur de journée, même le dernier des demeurés le reconnaîtrait au premier coup d'œil. Qu'est-ce qu'il faisait ici ?

— A ton avis ? A peine échappé, il s'est adonné à son horrible plaisir.

— Ca ne colle pas, répondit Jack. Un prisonnier en cavale a d'autres priorités. Surtout lui. Il était bien trop intelligent pour se laisser avoir comme cela. J'ai lu les rapports d'expertises psychiatriques le concernant. Tous sans exception le déclaraient si intelligent qu'il n'était nullement soumis à des pulsions incontrôlables. Certes il choisissait des personnes au hasard mais jamais il ne les tuait sous l'emprise de la folie. Il commettait tous ces meurtres de sang-froid et en pleine possession de ses facultés mentales. C'est peut-être cela le plus horrible.

— Tu as peut-être raison mais, dans ce cas, comment expliquer sa présence ici ? demanda le shérif.

— Ca, c'est ton boulot, pas le mien. Je te donnerai l'heure des décès et des détails pouvant t'être utiles dans ton enquête mais le reste est de ton ressort.

— OK. Tu pourras me donner ces renseignements pour quand ?

— Disons qu'en fin de matinée je serai à même de

t'en dire plus.

— Et bien nous attendrons jusque-là. Pendant ce temps, nous allons consulter les fichiers afin de recueillir tout ce que l'on peut sur cette Sandy Ridgemont. Je t'appellerai plus tard.

— OK Steve, dit le coroner en faisant signe aux deux personnes l'accompagnant d'emballer les corps.

Les deux cadavres furent rapidement transportés dans des body bags et acheminés vers l'hôpital.

06 : 28

Le shérif et son adjoint avaient mis les dernières heures à profit pour définir l'identité du cadavre féminin du 48 Chelsea Drive. Ils avaient consulté les banques de données de la police mais n'avaient absolument rien trouvé qui pouvait les mener à une piste quelconque. Sandy Ridgemont était une femme tout à fait ordinaire. Elle n'avait aucun antécédent judiciaire et, par conséquent, son casier était absolument vierge. La seule chose qu'ils avaient pu retrouver la concernant était un procès-verbal remontant à plus de deux ans pour un mauvais stationnement.

— C'est quand même incroyable ! dit le shérif.

— Quoi donc ? demanda Bruce.

— Et bien que l'on ne trouve rien de plus.

— Ca prouve que c'était une bonne citoyenne.

— Ça prouve surtout que, cette fois, notre tueur aurait frappé au hasard.

— Je sais c'est bizarre. Peut-être a-t-il voulu se réfugier dans la maison pour se reposer un peu et que Madame Ridgemont l'a surpris. Il l'a tuée pour éviter un témoin gênant.

— C'est possible. C'est même l'explication la plus logique. Il y a cependant quelque chose qui cloche.

— Quoi donc ?

— Il était trop intelligent pour risquer de se faire repérer en assassinant une nouvelle personne. S'il avait vraiment voulu s'abriter, il aurait choisi une maison vide.

— Peut-être.

— Réfléchis un peu, Bruce. Bon nombre de personnes sont parties en vacances. Nous sommes au mois de juillet. Il n'aurait donc eu aucun mal à trouver une demeure déserte. Il savait très bien que tout nouveau cadavre nous mettrait inévitablement sur sa piste. Non, je suis persuadé qu'il n'est pas rentré dans cette maison par hasard.

— Et qu'aurait-il bien pu y faire ?

— Ca, je n'en foutre rien. Nous ne découvrirons rien de plus pour le moment. Je suis d'avis que nous prenions quelques heures de sommeil avant d'aller voir le légiste.

— Je ne demanderai pas mieux.

— D'accord. On se retrouve ici vers midi. Ca nous laisse quatre bonnes heures de sommeil.

— Parfait. A tantôt shérif, dit Bruce en enfilant sa veste.

— A tantôt Bruce.

<u>12 : 04</u>

Le shérif entra dans son bureau. Son adjoint était

déjà assis devant une tasse de café chaud et l'attendait.

— Bien dormi Bruce ? demanda-t-il.

— Pas trop. J'ai fait un de ces cauchemars…

— Moi aussi.

— Pas étonnant avec cette histoire.

— Tu l'as dit. Bon, quand tu auras fini ton café, on ira à l'hôpital questionner Jack. On en saura peut-être plus. Ensuite, on ira voir la petite. Au fait, qu'est-ce que tu as pu recueillir sur elle ?

— Pas grand-chose. Elle a sept ans et se nomme Laura Ridgemont.

— Elle porte le nom de sa mère ?

— Oui.

— Tu ne trouves pas cela bizarre ?

— Pas spécialement.

— En général un enfant conserve le nom de son père, même après un divorce. Qu'est-ce que tu as pu trouver là-dessus ?

— Rien du tout. La base de données n'indique pas que Sandy Ridgemont était mariée. Elle a peut-être adopté cette fille et lui a logiquement transmis son nom de famille.

— C'est possible mais je préférerais que tu vérifies sur le temps que je vais rendre visite au coroner.

— Je ne vous accompagne pas ?

— Maintenant que nous avons une piste inexplorée, j'aimerais autant que tu restes et que tu voies ce que tu peux en tirer.

— D'accord, shérif.

<u>12 : 48</u>

Le shérif se dirigea vers l'accueil de l'hôpital. L'infirmière de permanence s'affairait autour de l'imprimante. Steve reconnut de suite une de ses amies, Linda Chalfant, qui avait été à l'école avec lui. Tout le monde ou presque se connaissait dans cette petite ville.

— Un problème, ma belle ? demanda le shérif en s'accoudant sur le comptoir.

— Bonjour, Steve. C'est cette saloperie

d'imprimante qui fait des siennes. Qu'est-ce que je peux faire pour toi ?

— Je viens voir Jack.

— Il est au sous-sol comme d'habitude. Tu connais le chemin, je suppose.

— Oui, ne te dérange pas.

Le shérif emprunta l'ascenseur au bout du couloir et descendit au troisième sous-sol. Il arriva face à une porte à double battant derrière laquelle se trouvait la salle d'autopsie. Il pénétra dans la pièce et trouva Jack en train de manger son sandwich sur une table tout au bout.

— Comment tu peux faire ça ?

— Quoi donc ? demanda Jack.

— Manger au milieu des cadavres, tiens.

— Bof. Tu sais, à la fin, tu ne les remarques même plus. Question d'habitude.

— Si tu le dis. Tu as pu apprendre quelque chose sur notre affaire ?

— Tu sais, dit Jack en s'essuyant la bouche et en se levant de sa chaise, j'ai examiné les deux corps.

— Et ?

— Je peux affirmer avec certitude que c'est la même arme qui a tué les deux.

— Tu en es sûr ?

— Tout à fait. C'est exactement le même couteau. Les entailles sont parfaitement identiques.

— Tu peux m'en dire plus ?

— Ce dont je suis certain, c'est que Norman Sheffield est tombé sur son arme. L'entrée de l'arme dans son dos indique qu'il n'a pas été poignardé mais qu'il est tombé dessus de tout son poids.

— Tu as une idée de la manière dont c'est arrivé ?

— Aucune. Je crois que tu devrais interroger la fillette dès que ce sera possible. Elle pourrait peut-être t'en apprendre plus à ce sujet.

— Autre chose ?

— Oui et elle n'est pas des plus réjouissante à

entendre.

— Vas-y quand même.

— Il y a une différence sur les incisions recouvrant le corps de la femme et de celle qui a porté la mort.

— Ce qui signifie ?

— Cela veut dire qu'il ne l'a pas tuée tout de suite. Il l'a mutilée et éviscérée alors qu'elle était encore vivante. Les entailles recouvrant son corps sont parfaites, presque chirurgicales, tandis que celle qui lui a tranché la gorge a arraché les chairs, comme si elle avait été faite précipitamment. A mon avis, il a pris tout son temps pour la faire souffrir. Je dirais une bonne heure. Je crois qu'il lui a donné la mort rapidement quand la fillette l'a surpris.

— Tu veux dire qu'elle a assisté à tout ?

— A tout peut-être pas mais à la fin certainement.

— Je vais passer voir le psychologue pour enfant qui l'a prise en charge hier soir. Je préfère la laisser encore un peu tranquille. Voir sa mère se faire assassiner va certainement laisser des séquelles. Il vaut peut-être mieux que je la laisse encore se reposer pour l'instant.

— Je crois également que c'est préférable.

— Merci pour tout, Jack.

— De rien, Steve. Si tu as besoin d'autre chose, n'hésite pas à demander.

13 : 27

Le shérif stoppa la voiture devant le cabinet du Docteur Riss qui avait pris en charge la veille la petite Laura. Il appela son adjoint par radio pour lui signifier qu'il ne rentrerait pas tout de suite. Ce dernier n'avait encore rien trouvé concernant l'adoption d'un enfant par Sandy Ridgemont. Le shérif sonna au cabinet du docteur Riss. Une voix féminine lui répondit à l'interphone qu'il pouvait monter.

— Le docteur va vous recevoir dans un instant shérif, dit la secrétaire.

Le shérif pris place sur le canapé de la salle d'attente et feuilleta un magazine. Son attente ne fut pas longue car, quelques minutes plus tard, le médecin apparut. Il était en consultation avec une cliente et son fils.

Après les avoir reconduits à la porte, il signifia d'un geste de la main au shérif qu'il pouvait rentrer. Baker suivit le praticien et ferma la porte derrière lui.

— Je vous en prie, asseyez-vous, dit le médecin en désignant un des sièges placés face à son bureau.

— Je vous remercie, docteur.

— Je présume que vous venez prendre des nouvelles de la petite Laura ?

— Exactement. Comment va-t-elle ?

— Aussi bien que faire se peut dans ce genre de circonstances. Elle a passé la nuit à l'hôpital. On a dû lui administrer un léger sédatif afin qu'elle puisse trouver le sommeil. De plus, une infirmière a passé toute la nuit à son chevet afin de veiller à ce que rien de fâcheux ne lui arrive.

— Que voulez-vous qui lui arrive ? Elle ne risque rien dans un hôpital. De plus, le tueur est mort. Elle n'avait donc plus rien à craindre.

— Ce n'était pas tant par crainte d'un danger extérieur que par celui qu'elle représente pour elle-même que j'ai pris de telles dispositions.

— Un danger pour elle-même ? Que voulez-vous dire ?

— On ne sait jamais comment des personnes ayant vécu un événement traumatisant vont réagir. Cela est d'autant plus valable dans le chef d'un enfant étant donné qu'ils sont nettement plus imprévisibles que des adultes.

— Je ne suis pas sûr de tout comprendre.

— Je vais essayer d'être plus clair. Le psychisme d'un adulte est formé et réagit selon une panoplie définie par des années d'études en la matière. Ces réactions sont différentes en fonction de notre éducation, du milieu social dans lequel nous avons baigné et d'un tas d'autres facteurs extérieurs. En fonction de tout cela, nous pouvons cibler de manière plus ou moins correcte le type de réactions. Pour un enfant, faire ce genre d'estimation est beaucoup plus difficile de par le fait qu'ils ne sont pas encore formé psychiquement. Cela nous laisse une marge d'erreur bien plus importante.

— Je comprends. Puis-je vous poser une question,

docteur ?

— Bien évidemment.

— La petite Laura vous a-t-elle dit quelque chose susceptible de faire avancer l'enquête ?

— Malheureusement non. Les propos qu'elle m'a tenus sont totalement décousus et j'avoue que je n'ai pas encore saisi le lien les rattachant.

— Dites toujours.

— Elle a parlé de sa maman, d'un homme méchant et d'un nounours.

— D'un nounours ?

— C'est cela même.

— Qu'est-ce que cela signifie selon vous ?

— Je n'ai pas d'idée précise. Nous avons la victime qui est la maman. Le meurtrier est également présent sous la dénomination de l'homme méchant. Le nounours peut signifier plusieurs choses.

— Quelles sont ces choses ?

— La plus logique serait un symbole protecteur. Les

enfants dorment avec des nounours ou d'autres objets qui leur sont significatifs et qui les rassurent. Quand votre adjoint l'a trouvé sur les lieux du drame, elle tenait ce nounours serré dans ses bras si fortement que nous aurions été en peine de le lui enlever sans lui faire de mal. Elle se rattachait à lui comme si c'était le dernier fil la reliant à sa vie d'avant le drame. Vous comprenez ?

— Je crois oui.

— Nous avons voulu le lui reprendre pour le nettoyer mais cela nous a été impossible.

— Le nettoyer ?

— Il était couvert de sang.

— Comment est-ce possible ?

— Peut-être s'est-elle penchée sur le corps de sa mère. Cela me paraît d'ailleurs logique. Vu l'état dans lequel le corps se trouvait, il n'est pas étonnant que du sang ait taché la fourrure du jouet.

— Et où est cet ours en peluche maintenant ?

— Elle l'a emporté avec elle à l'hôpital. Pourquoi ?

— Je viens de penser à quelque chose.

— Quoi donc ? Le coroner m'a déclaré que Norman Sheffield n'a pas été poignardé mais qu'il est tombé de tout son poids sur le couteau.

— Et alors ?

— Et s'il avait glissé sur l'ours en peluche ? Cela expliquerait aussi bien le sang sur la fourrure que la chute du meurtrier.

— C'est fort possible.

— Vous croyez que Laura est en état d'être interrogée?

— Je ne le pense pas. Cependant, je pense qu'il vaut mieux prendre le risque de le faire immédiatement tant que les souvenirs sont frais dans sa mémoire. C'est une enfant et elle risque d'inclure une certaine part d'imaginaire dans ce qui s'est passé.

— Comment cela ?

— Les enfants réagissent ainsi. Quand ils ne comprennent pas quelque chose, ils l'inscrivent dans un contexte imaginaire plus à la portée de leur compréhension. De cette manière, les faits qui leur étaient inexpliqués sont inscrits dans un univers plus à leur portée et altérés pour des adultes qui ne sont plus à même d'appréhender ou si peu la logique de ces pensées enfantines.

— A votre avis, quand pourrais-je lui poser quelques questions ?

— Je pense que cela sera possible dès demain.

— Ce n'est pas possible de le faire aujourd'hui ?

— Je crois qu'il est préférable d'attendre qu'elle ait quitté l'hôpital.

— Vous allez la faire sortir ?

— Cet après-midi même mais ne vous inquiétez pas. Une dame de mes connaissances la gardera chez elle. Elle sera dans un milieu plus accueillant et plus propice à son rétablissement.

— Etes-vous certain que cette personne saura y faire?

— Sans problème. Elle s'est occupée des années durant d'enfants dans la même situation. Elle est d'une douceur et d'une patience infinie.

— Je vous fais confiance. Après tout, c'est vous le médecin. Vous êtes plus à même que moi de savoir ce qu'il convient de faire. Pourriez-vous me donner l'adresse de cette personne afin que je puisse m'y rendre sans problème ?

— Bien évidemment.

Le médecin griffonna quelque lignes sur un papier qu'il tendit au shérif.

— J'ai encore un petit service à vous demander, shérif.

— Je vous en prie.

— Si cela ne vous dérange pas, j'aimerai assister à l'entrevue.

— Bien au contraire. Vous pourriez même m'être d'une aide précieuse en regard de ce que vous m'avez dit. Vers quelle heure pourrait-on se retrouver ?

— Vers dix heures ? Cela vous conviendrait-il ?

— C'est parfait. A demain, docteur.

— A demain, shérif.

15 : 28

Lorsque le shérif Baker se gara devant l'office, il remarqua sur le parking la présence d'une imposante berline noire. Comme il connaissait la totalité des autos appartenant aux habitants de sa commune, il savait très bien que ce véhicule n'appartenait à aucun d'entre eux. Même le maire, qui était la personne la plus aisée de la région, avait des exigences plus simples en matière d'automobiles. Il regarda les plaques d'immatriculations et s'aperçut qu'il s'agissait d'un véhicule officiel du gouvernement. Il ne trouva qu'une seule raison pour justifier leur présence ici : la découverte de Norman Sheffield.

Il entra dans son bureau. Son adjoint était assis en compagnie de deux hommes. Il étaient habillés d'un costume sobre à la coupe impeccable, exactement comme ceux que l'on pouvait voir dans les films. A son entrée dans le bureau, ils se levèrent de concert et attendirent que l'adjoint fasse les présentations.

— Ah shérif. Vous voilà. Ces messieurs vous attendent depuis une petite demi-heure. Je vous présente les agents Pierce et Cole.

— Messieurs, dit le shérif en leur tendant la main.

— Bonjour Shérif. Nous sommes du FBI dit l'un des hommes en lui montrant sa plaque.

— En quoi pouvons-nous vous être utile ?

— Vous devez bien vous douter de la raison de notre présence en ces lieux.

— Je suppose qu'il est question de Norman Sheffield.

— C'est cela même. Nous venons récupérer sa dépouille ainsi que celle de sa victime.

— C'est-à-dire que les corps ont été transporté à l'hôpital. Le coroner a déjà pratiqué une autopsie et m'en a communiqué le rapport. Si vous le désirez, je peux vous en faire une copie.

— Ce serait bien aimable. Nous aimerions également transférer les dépouilles à Washington si vous n'y voyez pas d'inconvénient.

— Je n'en vois absolument aucun quoique je me demande à quoi cela va bien pouvoir vous servir.

— Un service spécialisé viendra prendre possession

des corps dans quelques heures.

— Parfait.

— Il paraît qu'une petite fille a été épargnée de cette tuerie ?

— Tout à fait. Il s'agit de Laura Ridgemont. Elle a eu plus de chance que sa mère.

— Nous allons l'emmener avec nous également.

— Un instant. Elle n'est pas en état pour l'instant de quitter la région. Elle est suivie médicalement par le docteur Riss qui est très compétent en la matière.

— Nous n'en doutons pas un seul instant. Néanmoins, nous devons la transférer et l'interroger afin de comprendre ce qu'il s'est exactement passé.

— Je ne vois pas ce que le FBI vient faire là-dedans. Bien sûr, Norman Sheffield était recherché par vos services. Maintenant qu'il est mort, je ne vois pas l'utilité de mettre en danger la santé d'une fillette dont la mère a été assassinée il y a peu.

Les deux agents se regardèrent.

— Shérif, il y a quelques choses que vous ignorez,

dit l'agent Pierce.

— Libre à vous de me mettre au courant.

— C'est ce que nous allons faire. Maintenant que Monsieur Sheffield et Madame Ridgemont sont morts, nous pouvons vous mettre au courant.

Le shérif s'assit à côté de son adjoint. Tous deux étaient impatients d'entendre les explications des agents du FBI.

— Vous n'êtes pas sans ignorer que lorsque Norman Sheffield a été arrêté il y a quelques temps, il était marié.

— Nous le savions.

— Son épouse n'était autre que Sandy Ridgemont. Laura est leur fille.

— Vous voulez dire que…

— Exactement. Susan Bolley et Sandy Ridgemont ne sont en fait qu'une seule et même personne.

— Je ne comprends pas tout, déclara l'adjoint.

— C'est simple pourtant. Quand Madame Bolley a accepté de témoigner contre son mari, nous avons promis de lui offrir une nouvelle identité afin de la protéger.

— De la protéger de quoi ?

— A l'époque, nous ignorions si Norman Sheffield opérait réellement seul ou s'il avait un ou plusieurs complices. De surcroît, lors de son arrestation, il avait déclaré à son épouse qu'il se vengerait. Vous savez aussi bien que moi ce qu'un tel mot peut signifier dans la bouche d'un psychopathe. C'est pourquoi nous avons pris sous notre protection madame Bolley et sa fille.

— Protection qui consistait en quoi exactement ?

— Durant tout le temps qu'a duré le procès, elles ont bénéficié d'une étroite protection afin que rien ne leur arrive. Quand le jugement a été rendu et qu'il fut établi avec certitude que Norman Sheffield ne bénéficiait d'aucune complicité, nous avons décidé de lever cette protection car elle ne nous apparaissait plus nécessaire. Nous avons néanmoins permis à Susan Bolley et sa fille de bénéficier d'une nouvelle identité et ce afin d'être certain que nulle personne mal intentionnée ne pourrait retrouver sa trace. Nous ne pouvions pas prévoir que Norman Sheffield s'évaderait et, surtout, qu'il parviendrait à la retrouver.

— Justement, comment a-t-il réussi le tour de force ?

— Cela nous a interpellé également. Nous avons cependant bien vite trouvé la réponse. Quand il s'est évadé, nous avons été immédiatement dépêché sur place. Nous avons commencé par fouiller sa cellule et c'est alors que nous avons trouvé quelques lettres.

— Qui pouvait bien lui écrire ?

— Nous nous sommes également posé la question. Il ne s'agissait certainement pas de sa femme vu qu'elle savait fort bien que sa sécurité dépendait directement du fait que son époux ignore tout de sa situation géographique actuelle. Nous avons alors lu lesdites lettres et nous avons compris. Elle provenaient de sa fille.

— Comment est-ce possible ?

— Elle savait fort bien où était emprisonné son père. Etant donné son jeune âge, elle n'avait visiblement pas compris le danger encouru en correspondant de la sorte avec lui. Au fil des lettres, il a réussi à en apprendre plus sur le nouveau domicile de sa famille.

— Elle correspondait avec son père sans que sa mère soit au courant ?

— Vraisemblablement. Du moins, nous n'avons trouvé aucune autre explication.

— Mais comment Norman Sheffield a-t-il pu s'échapper aussi facilement ?

— C'est un autre point obscur du dossier. Nous espérons que l'enquête en cours permettra de faire la lumière sur toute cette affaire. Une complicité interne n'est pas à exclure mais nous voyons difficilement comment un gardien aurait pu se laisser corrompre financièrement étant donné que Norman Sheffield n'était aucunement fortuné. Une autre hypothèse qui a été soulevée est celle d'une menace planant sur la personne ou les proches d'un gardien. Ceci étant, dans l'état actuel de l'enquête, nous ne possédons pas le plus petit élément de réponse.

Le shérif allait poser une question mais il fut interrompu par la sonnerie du téléphone. Son adjoint se leva pour aller répondre mais son supérieur lui fit signe de rester assis et alla lui-même décrocher le combiné.

— Shérif Baker, j'écoute.

— Shérif, c'est le docteur Riss. Il faut que vous veniez tout de suite. Il se passe quelque chose d'anormal.

— Où êtes-vous ?

— Je suis en route vers la maison de la dame à qui j'ai confié la petite Laura. Je crois que quelque chose de grave est arrivé.

— Je vous rejoint tout de suite là-bas.

— Que se passe-t-il ? lui demanda un des agents du FBI lorsqu'il eut raccroché.

— Je n'en sais rien mais cela a l'air important. Il se passe quelque chose avec Laura Ridgemont.

— Nous vous accompagnons, shérif.

— D'accord. Allons-y.

16 : 37

Le shérif et les agents du FBI s'arrêtèrent

brutalement en face de la maison sise à l'adresse qu'avait donné le médecin. Sa voiture était là mais il n'y avait de trace de lui nulle part. Le shérif supposa tout naturellement qu'il était déjà à l'intérieur. Il fit signe à son adjoint de couvrir l'arrière du bâtiment afin de s'assurer que personne ne tenterait de s'échapper en les entendant pénétrer dans la place. Un des agents du FBI, Pierce, l'accompagna pour lui prêter main-forte en cas de nécessité.

Le shérif s'approcha prudemment de la porte d'entrée, l'autre agent du FBI collé à ses basques. La porte n'était pas fermée à clef. Il poussa prudemment le battant et le laissa entrouvert de manière à pouvoir jeter un œil à l'intérieur de la maison. Rien ne semblait bouger. Il fit signe à son collègue que tout allait bien et entra dans la pièce. Il continua d'avancer et arriva dans la pièce suivante. Tout était tellement calme qu'il commençait à croire que la maison était déserte, que ses occupants avaient fui. Il jeta un œil à l'arrière de la maison et vit son adjoint faire le guet. Le shérif lui fit signe qu'il allait se rendre à l'étage et l'adjoint lui répondit d'un geste qu'il avait compris. Le shérif gravit délicatement les marches, son acolyte toujours sur ses talons. Il s'immobilisa sur le palier.

A ses pieds gisait le corps sans vie du médecin. Sa gorge était déchiquetée, comme si un animal l'avait attaqué. Ses mains étaient griffées. Il s'était visiblement défendu mais n'avait pas réussi à se débarrasser de son agresseur.

Ne pouvant rien faire pour lui désormais, ils contournèrent son cadavre. Ils grimpèrent la volée de marches suivante et débouchèrent sur le couloir du premier étage. Un autre corps gisait sur le sol. Ils s'en approchèrent précautionneusement. C'était le cadavre d'une femme d'un certain âge, certainement la personne à qui le Docteur Riss avait confié la petite Laura. Elle aussi avait eu la gorge déchiquetée. En voyant cela, l'agent Cole enleva la sécurité de son arme. Le shérif en fit autant. Ils remarquèrent alors une forme tapie au fond du couloir. Tout en la maintenant en joue, ils s'en approchèrent lentement. En s'apercevant qu'il s'agissait de Laura, ils baissèrent leurs armes. La fillette était prostrée sur elle-même. Elle ne semblait même pas les avoir remarqué. Elle serrait tout contre elle l'ours en peluche qui ne la quittait pas depuis la veille et qui était toujours tâché de sang. Le shérif l'appela doucement mais elle ne réagit pas.

— Catatonie, murmura Cole.

— Qu'est-ce qu'on fait ?

On l'emmène. On ne peut pas la laisser là.

— Ce n'est pas dangereux de la déplacer ?

— Il est encore plus dangereux de la laisser ici. Qui ou quoi que ce soit qui ait fait cela, dit-il en désignant le cadavre dans le couloir, il est toujours susceptible de revenir.

Ce disant, il se pencha et empoigna la fillette délicatement par le bras. A peine l'eut-il touchée, elle se mit à hurler de toute ses forces. Un bruit de porte enfoncée provint du rez-de-chaussée. C'était sûrement l'adjoint du shérif qui avait entendu les cris de l'extérieur et venait prêter main-forte à son chef.

A ce moment, la peluche que serrait la fillette ouvrit les yeux. C'était des yeux en forme de bouton mais ils n'avaient plus rien de réconfortant. C'était ceux d'une bête féroce. Laura desserra son étreinte et l'animal se propulsa d'un bond vers la gorge de l'agent du FBI.

— Nom de dieu, s'écria-t-il en tombant à la renverse.

Il battait l'air de ses mains mais n'arrivait pas à se débarrasser du jouet qui, n'arrivant pas à atteindre la gorge de l'homme, enfonça ses dents dans le bras du malheureux. L'agent Pierce hurla de douleur. Il n'arrivait pas à se débarrasser de son assaillant. Le shérif hésitait à tirer de peur de blesser son collègue. Il bougeait tellement qu'il lui était impossible d'aligner sa cible de façon correcte. L'agent Cole, lui, s'empara de son arme et n'hésita pas une fraction de seconde. Il pointa le canon de son pistolet sur la tête de la peluche et fit feu à trois reprises. Des morceaux de mousses volèrent dans le couloir. L'animal, dont la moitié de la tête avait été arrachée, n'avait pas relâché sa prise. Le shérif regarda la petite Laura. Elle tremblait de tout son corps et ses yeux étaient révulsés. Il était certain maintenant que c'était elle qui commandait le jouet. Cela était absurde, il s'en rendait bien compte mais cela s'imposa à son esprit comme une vérité indéniable. Il posa le canon de son arme sur la tête de Laura et lui somma d'arrêter cela. La peluche abandonna le bras sur lequel elle s'acharnait et se jeta sur le shérif, vive comme l'éclair. Elle planta férocement ses dents dans le bas de sa cuisse. Sous la douleur, il lâcha son arme qui tomba sur le plancher avec un bruit sourd. L'agent Cole, qui avait également compris que Laura était à la base de tout cela, ramassa son arme et tira une fois. Une seule. Le jouet retomba sur le sol, inanimé. Laura s'effondra sur le sol, une balle en pleine tête.

L'agent du FBI se releva péniblement. Il s'approcha de la fillette et constata qu'elle était décédée. Il remarqua alors l'adjoint Bruce qui était au bout du couloir, figé sur place. La terreur l'avait paralysé quand il avait vu ce qui se passait exactement. Jamais il n'avait été préparé à cela. Il avait été incapable d'esquisser le moindre mouvement pour aider ses collègues. L'agent Cole aida le shérif à se relever. Ce dernier demanda à son adjoint d'appeler le coroner et des renforts pour fouiller toute la maison. Il savait fort bien que cela ne servirait à rien mais il tenait à donner au dossier une certaine consistance. L'agent du FBI se demandait comment il allait bien pouvoir expliquer le fait d'avoir abattu une fillette. Certes, sa vie en dépendait, mais il se voyait mal expliquer à ses supérieurs qu'elle contrôlait mentalement un ours en peluche et que ce dernier les avait agressé. C'était complètement fou. Il avait beau avoir deux témoins et des blessures pour attester de ses dires, il savait très bien qu'il aurait bien du mal à se dépêtrer de cette situation. En effet, qui serait prêt à croire qu'une fillette possède des pouvoirs paranormaux et qu'elle s'en serve de telle façon ? De plus, qu'est-ce qui avait bien pu la pousser à de telles extrémités ? Il y avait bien une explication stipulant que la petite Laura avait depuis toujours en elle ce potentiel et qu'il ait surgi à ce moment douloureux de son existence et qu'elle l'ait utilisé pour se protéger mais comment consigner cela dans un rapport sans passer pour un illuminé ?

L'autre côté.

Je me réveille et m'étire lentement. Dieu qu'est-ce que j'ai bien dormi ! Cela fait au moins… C'est si lointain que je ne m'en rappelle même pas. Je me relève et m'assieds sur mon séant.

À demi prisonnier des brumes de mon sommeil, je m'aperçois que quelque chose n'est pas comme d'habitude, mais n'identifie pas immédiatement la source du problème.

Soudain, je me lève brusquement et pousse un juron lorsque mon pied s'empêtre dans le drap, manquant de me faire tomber.

— Qu'est-ce que c'est que ce… dis-je à voix haute en retenant à l'ultime seconde le gros mot qui s'apprêtait à franchir mes lèvres.

Je regarde autour de moi, stupéfait. Je me trouve dans une pièce entièrement vide dont les murs gris sale ne comportent aucune ouverture. Je sais bien que c'est complètement impossible et pourtant… Il n'y a ni fenêtre ni porte par lesquelles entrer ou, mieux encore dans le cas présent, sortir. Une question qui pourrait paraître stupide ou amusante en toute autre circonstance traverse mon esprit. Comment mon lit peut-il se trouver ici ? Comment puis-je, moi, me trouver ici ?

Je m'assieds sur le bord du lit et m'efforce de ne pas céder à la panique. Je me tiens la tête entre les mains, essayant de rester sourd aux accès de claustrophobie qui m'assaillent. Le plus urgent et d'essayer de me rappeler de ce que j'ai fait ces dernières heures. Cela n'est aucunement un tour de force étant donné que j'ai suivi la même routine quotidienne que celle qui régit ma vie depuis bientôt 20 ans : j'ai été travailler toute la journée, passé la soirée avec ma femme et mes enfants jusqu'à ce que ces derniers aillent au lit, sorti le chien pour qu'il fasse ses besoins avant la nuit et rejoint mon épouse dans le lit afin de profiter d'une bonne nuit de sommeil avant de retourner au travail dès le lendemain. Je réalise alors que le lendemain auquel je pense, c'est forcément aujourd'hui ! Je suis censé être au boulot depuis… depuis combien de temps, au fait ? Machinalement, je regarde mon poignet afin de consulter ma montre et m'aperçois qu'elle n'est plus là. C'est alors que la réalité me frappe à nouveau de plein fouet. Ma femme ! Où se trouve-t-elle ? Comment puis-je m'inquiéter pour mon travail alors que mon épouse a disparu ? Elle a forcément été enlevée. Ou pire. À moins que ce soit moi qui ai été enlevé ? La migraine me serre le crâne et m'empêche de réfléchir.

« Oui, c'est forcément cela », me dis-je.

Nous avons été victimes d'un enlèvement. Mais par qui ? Pour quoi ? Nous ne sommes pas riches et je ne vois pas qui pourrait bien vouloir du mal à moi ou ma famille. Nous sommes des gens calmes, sans histoire. Je décide de me lever et de tâter les murs. Après tout, il n'y a qu'une explication logique à cet enfermement. Les personnes qui m'ont amenée ici ont bien été forcées de refermer l'entrée. « C'est évident », me dis-je avec un sourire de satisfaction.

J'explore chaque millimètre carré de la paume des mains, du bout des doigts, l'œil à quelques centimètres de la surface en quête d'un interstice trahissant leur ingéniosité et confirmant ma perspicacité.

Après de longues et interminables analyses de chacun des pans de ma prison, je déclare forfait. Il n'y a absolument aucun interstice ! Sous les assauts de la migraine, je décide de retourner m'asseoir et pousse un petit cri de frayeur.

Le lit a disparu !

— C'est quoi ce délire ? me demandé-je à voix haute.

J'entends alors des voix provenant de l'autre côté du mur. Peut-être est-ce une hallucination ? Peut-être suis-je même en train de devenir fou ? Je ne vois pas d'autre explication à tout ce mystère. Je m'approche du mur et y colle mon oreille. Non, il n'y a aucun doute possible. Il y a bien des personnes de l'autre côté. Je les entends faiblement et leurs propos sont inintelligibles mais les faits sont là. Peut-être que ce sont mes ravisseurs ? Ou alors la police ? Quoi qu'il en soit, rester silencieux ne m'avancera à rien. J'appelle donc à tue-tête :

— Je suis ici ! Derrière le mur ! Venez me libérer !

J'écoute encore contre la cloison. Les gens ne paraissent pas m'avoir entendu et continuent à deviser.

Je hurle donc plus fort mes appels au secours mais, après quelques minutes, je m'arrête au bord de l'extinction de voix. Je me force à recouvrer mon calme.

J'ai l'impression que les gens de l'autre côté parlent plus fort.

J'écoute à nouveau.

C'est peut-être ridicule, mais j'ai l'impression de reconnaître deux des voix. L'une est celle de ma femme et l'autre celle de mon fils aîné.

— Carole ! Charlie ! hurlé-je à nouveau.

Sans plus de succès qu'auparavant.

Je m'énerve alors et frappe des poings et des pieds contre le mur en espérant qu'il puisse entendre les chocs. Subitement, la lumière s'éteint.

Je m'immobilise, le cœur battant.

J'entends du bruit de l'autre côté de la pièce, mais les ténèbres sont si denses qu'il m'est impossible de distinguer quoi que ce soit.

J'entends alors la voix de mon fils. Claire et distincte.

« Il va me manquer terriblement ».

Les mots résonnent dans mes oreilles et une chose s'impose à moi.

Un poème que j'ai entendu à de multiples reprises au cours de ma vie et chaque fois pour des occasions bien spécifiques.

Un poème de Charles Peguy selon un texte de Saint Augustin.

« La mort n'est rien

La mort n'est rien

Je suis juste passé dans la pièce d'à côté »

À ce moment, je m'aperçois que le pan de mur face à moi a disparu pour laisser place à une lumière aveuglante.

— Avance mon enfant. N'aie pas peur, dit une voix puissante, mais douce. Viens avec moi.

Je me retourne une dernière fois sur ma vie d'avant et vers mes proches que je ne puis voir et m'engage dans la lumière chaude et réconfortante.

Le parasite

Debout devant la baie vitrée donnant sur le jardin, je contemple les flocons s'amasser en manteau immaculé sur la pelouse. Le charme d'une maison isolée à la campagne. Je souffle sur mon café chaud avant d'en boire une gorgée que je savoure lentement. La quiétude de ce matin d'hiver n'apaise pas mon âme tourmentée. Un regard à l'horloge m'informe de l'heure en même temps que la sonnerie du réveil de mon épouse qui retentit à l'étage.

Un sourire étire mes lèvres tandis que je me dirige vers la chaîne hifi et que j'insère le compact disc dans le lecteur. 12 ans de mariage aujourd'hui et l'occasion d'accueillir celle qui partage ma vie au son de la chanson sur laquelle nous avons dansé pour la première fois : *Tombe la neige* d'Adamo. Jamais avant ce jour les paroles mélancolique de notre chanteur préféré n'ont revêtu autant de sens. Mais en ce jour, le doux souvenir est entaché par nos disputes si répétées qu'elles en sont devenues incessantes.

J'entends son pas qui résonne dans l'escalier, traînant

et ensommeillé. Lorsque le talon de sa pantoufle claque sur le carrelage du rez-de-chaussée, je lance la lecture. Les notes envahissent la pièce tandis que la porte s'ouvre. Elle me voit et son visage fatigué esquisse un sourire triste.

— Tu y as pensé, murmure-t-elle.

— Évidemment.

Je me dirige vers elle et la prend dans mes bras. Surprise, elle se raidit un peu et me laisse la guider jusqu'à la fenêtre donnant sur l'extérieur. Je la l'abandonne et me dirige vers la cuisine. Je reviens rapidement avec un chocolat chaud encore fumant et lui tend la tasse. Nouveau sourire.

Je me glisse derrière elle et la serre tendrement dans mes bras. J'accorde ma respiration à la sienne, comme nous le faisions lorsque nous en étions à nos premiers émois. Une larme coule sur son visage.

Tombe la neige

Tu ne viendras pas ce soir

Tombe la neige

Et mon cœur s'habille de noir

Nous avons atteint un point de non-retour. Elle le sait. Je le sais. Elle ignore que j'en suis parfaitement conscient.

Je relâche mon étreinte une fraction de seconde, juste le temps nécessaire pour porter la main à ma poche arrière. Lorsque ma main repasse devant elle, je la sens se raidir à nouveau – de peur cette fois – en contemplant le reflet du couteau dans la vitre. Je resserre ma prise et, d'un geste vif, maintes fois répété, je lui tranche la gorge.

Je la maintiens au creux de mes bras tandis que son corps s'agite de soubresauts contre ma poitrine. Nos cœurs battent la chamade aux extrémités de la vie. Le sang se répand par à-coups sur le carrelage, son pyjama d'hiver absorbe une partie du fluide vital chaud qui inonde mes mains. Lorsque les convulsions s'affaiblissent, le la libère et son corps glisse mollement à terre.

Je reprends ma tasse de café et avale d'un trait le breuvage qui a refroidi. Après un détour par la cuisine, je me dirige vers le garage afin de prendre de quoi achever la première phase de ce plan que je mets au point depuis plusieurs jours. De retour dans le salon, j'ouvre la baie vitrée. L'air frais s'engouffre dans la pièce et s'efforce de chasser les effluves métalliques de l'odeur du sang. J'attrape les pieds de mon épouse et la traîne sur le sol. Derrière elle se déroule un tapis rouge. Sa tête ballotte de gauche à droite, comme si elle désirait me narguer au rythme de la musique qui continue de se diffuser. Cela déclenche une bouffée de rage qui m'embrase totalement. J'empoigne une posture en marbre posée dans l'armoire vitrine et l'abat plusieurs fois sur le visage de celle qui a détruit ma vie. J'entends les os craquer, sa peau se déchire, ses dents explosent sous les coups. Finalement, à bout de souffle, je laisse retomber mon arme de fortune et entreprends de tirer celle qui fut mon aimée à l'extérieur. Le chant d'un oiseau posé sur la branche d'un de nos pins autrichiens retentit dans le silence hivernal.

Ce soyeux cortège
Tout en larmes blanches
L'oiseau sur la branche
Pleure le sortilège

Je n'éprouve désormais plus rien d'autre que cette haine. Plus de douleur, de peur, de doute. Juste cette effroyable certitude que j'irai jusqu'au bout de cette folie qui me consume.

Je déverse sur le cadavre l'entièreté du jerrican

d'essence que j'avais pris soin de placer à l'extérieur la veille au soir. Le crâne défoncé de mon épouse semble être le sourire d'un monstre à l'attention du ciel. Une allumette achève de sonner à cette vision un aspect infernal. L'odeur de chair brûlée exhale rapidement tandis que le brasier dévore les muscles et les chairs.

Je sors mon smartphone et prends quelques photos pour plus tard.

9H54

Je me poste derrière la porte d'entrée. Je tiens à la main un coton imbibé de chloroforme acheté la veille. Tout se met parfaitement en place dans ce plan bien huilé. Ce genre d'individus est toujours ponctuel. C'est là l'une de leur marque de fabrique. Je suis prêt à lui souhaiter la bienvenue.

Dehors, le silence a repris ses droits. L'endroit, peu fréquenté d'ordinaire, me semble encore plus désert qu'à l'habitude. Pas de voiture, pas de vélo, pas de piétons, rien d'autre que ma solitude coupable et ma conscience éteinte.

Tombe la neige

Tout est blanc de désespoir

Triste certitude

Le froid et l'absence

Cet odieux silence

Blanche solitude

Un moteur de voiture se fait entendre. C'est lui, je le sais. Un coup d'œil par le judas de la porte me donne raison. La portière claque et un pas énergique retentit sur les marches du porche, rapidement suivi d'un coup de sonnette.

J'ouvre le battant, l'homme en confiance entre.

Je lui applique un coton imbibé de chloroforme sur le nez et le maintien solidement. Il se débat vainement. Je suis beaucoup plus fort que lui et ma rage décuple mes forces. Il s'écroule sur le sol avant d'avoir eu le temps de me voir. Après avoir ligoté l'individu, je le charge sur mon épaule avant de l'enfermer dans le coffre de ma voiture.

Je m'installe derrière le volant sans prendre la peine de fermer la maison ni même d'éteindre la musique qui résonne toujours dans le silence sépulcral.

Les flocons continuent de tournoyer comme autant d'insectes de glace.

Tu ne viendras pas ce soir

Me crie mon désespoir

Mais tombe la neige

Impassible manège

****

J'ouvre le coffre de la voiture. L'homme se tient recroquevillé sur lui-même en position fœtale. Ses poignets sont toujours entravés par des colsons et ses pieds par une corde. Il est visible, à la chair rougeâtre et meurtrie bordant les entraves, qu'il s'est débattu, espérant se débarrasser de ses liens. Ses yeux roulent dans leurs orbites, comme fous. La terreur qui s'y reflète me fait esquisser un sourire. J'imagine sans peine ce qui doit lui passer par la tête. Il n'a rien vu venir.

Je chasse mes pensées, l'empoigne et le tire sans délicatesse hors du véhicule. Il tombe lourdement sur le sol et pousse un gémissement étouffé par le bâillon scotché sur ses lèvres. Je l'aide rudement à se relever et le pousse sans ménagement vers le bâtiment le plus proche. Il jette de rapides coups d'œil à gauche et à droite, comme s'il cherchait à identifier les lieux.

Prenant un malin plaisir à décupler sa peur, je glisse dans son dos et lui murmure doucement à l'oreille :

— C'est calme ici, n'est-ce pas ? Personne n'y vient

jamais. Profite bien du paysage, c'est le dernier que tu admireras.

Je le vois se raidir et, sourire aux lèvres, je lui passe autour du cou une corde à nœud coulant que j'ai préparée à l'avance. Une petite traction me rassure : l'étau se resserre bien autour de sa gorge, lui compressant la pomme d'Adam. Il oppose une velléité de résistance qu'une nouvelle traction, le faisant tomber à genoux, avorte.

— C'est toi qui choisis, mon gars, déclarai-je. Soit tu crèves ici comme un chien soit tu viens à l'intérieur. Dans le second cas, tu comprendras ce qui se passe. Perso, ça m'est égal.

Il se relève péniblement, cherchant à reprendre son souffle.

— C'est bien, l'encouragé-je. T'es un bon chien.

Et, pour bien lui faire comprendre qui commande, je le tire brutalement vers la porte proche.

— On ne viendra pas nous déranger ici. Tu te demandes où on est, hein mon salaud. Je vais te le dire. C'est une usine désaffectée. Personne ne vient plus ici depuis des années. On est à l'écart de tout. Même les clodos évitent cet endroit, car la structure menace de s'effondrer.

Je lui désigne une chaise placée au milieu de la salle déserte et lui ordonne de s'asseoir. Bien évidemment, il essaye encore de résister mais un bon coup de poing dans le bas du dos assorti à un bon tirage de corde vient une nouvelle fois à bout de sa résistance.

Il se tient immobile, droit comme un i, aussi tendu que si on lui avait enfoncé un balai dans le cul. Il sue abondamment. Je lui montre ensuite la petite valise que j'ai posée dans un coin.

— Tu vois ça ? Il y a là-dedans de quoi s'amuser ensemble. Tu verras ce sera… inoubliable. Tu aimes bien ce mot, n'est-ce pas ? Tu l'utilises souvent, en tout cas.

Son regard se pose sur moi. J'ai l'impression qu'un éclair de compréhension traverse ses yeux.

— C'est vrai, non ? Tu leur promets souvent que ce sera inoubliable.

Je sors plusieurs morceaux de corde pour l'attacher convenablement à son siège. Durant ce temps, il ne cesse de prononcer des mots inintelligibles derrière son bâillon.

— Laisse-moi t'enlever ça, dis-je une fois qu'il fut solidement entravé.

J'arrache le scotch d'un geste brusque qui le fait grimacer de douleur.

— Qui… qui êtes-vous ? Je ne vous connais pas ! Vous devez…

— … faire erreur ? M'amusé-je. En es-tu vraiment sûr, Vivian ?

M'entendre prononcer son prénom le fait devenir aussi pâle qu'un linge.

— Mais je réalise que tu ne sais pas exactement qui je suis. Je manque à tous mes devoirs. Laisse-moi éclairer ta lanterne.

— Tu t'appelles Vivian Lesage. C'est correct ?

Il ne dit rien. De colère, je lui plaçe une bonne droite dans la pommette. Puis une deuxième. Une troisième. Un craquement sonore plus tard, il acquiesce, la bouche en sang.

— Et bien voilà. C'était si compliqué de répondre ? Ta maman ne t'a jamais appris la politesse ? Je vais te montrer des photos et tu me diras si ça te rappelles quelque chose. D'accord ?

Il hoche la tête. Ses yeux ne cessent de passer de la porte de sortie à moi.

— Je préfère être franc avec toi. Tu ne ressortiras pas d'ici vivant.

Il se débat à nouveau comme un beau diable. Il se met à hurler « Au secours » à pleins poumons. Je le laisse s'égosiller jusqu'au moment où sa voix se brise en un sanglot.

— Comme tu l'as remarqué, personne ne peut t'entendre. Bien, maintenant, regarde ce cliché. Tu reconnais cette personne ?

Il contemple le corps de la femme nue imprimé sur la pellicule, les yeux remplis d'horreur. Je regarde à mon tour le cliché.

— Excuse-moi, je comprends que son visage ne te dise rien. J'y suis allé un peu fort. Son crâne a éclaté comme une pastèque trop mûre. Je te jure. Ça a fait exactement le même bruit. Amusant, non ?

— Vous êtes un malade !

Je passe rapidement les photos jusqu'à la dernière que je lui agite sous le nez. Il a un haut-le-cœur en découvrant le corps calciné.

— Bon, ça ne t'aide pas beaucoup, je te l'accorde.

Ceci dit, voici une parfaite illustration de l'adage « Qui joue avec le feu finit par se brûler » n'est-ce pas ?

J'éclate de rire face à son visage défait.

— Bon, maintenant que tu sais comment tu vas finir, je vais quand même prendre le temps de t'expliquer pourquoi. Ah oui, une dernière petite chose. Je suppose que tu dois te dire que je suis un monstre. C'est possible. Tout dépend du point de vue. Mais je tiens à t'assurer d'une chose : ce monstre, c'est vous qui l'avez créé. Toi et ma femme. Tu vois de qui je parle maintenant ? Non ? Toujours pas ? Tu en dragues plusieurs à la fois peut-être ? C'est une sorte de sport ? Le plaisir de la chasse ?

Il garde les lèvres fermées. Sa respiration est saccadée.

— Okay. Changement de tactique.

Je me dirige à nouveau vers la mallette et en sors une pince-monseigneur.

— Non ! Non ! crie-t-il dès qu'il voit l'outil.

— Comment ça non ? Mais tu ne sais même pas ce que je vais faire, souris-je. Je t'explique les règles du jeu. Je te pose une question. Si tu réponds honnêtement, tu conserves tes doigts. Dans le cas contraire, ils tomberont. Compris ? Je te conseille d'être honnête avec moi.

— Tout ce que vous voulez ! implora-t-il. Je ferai tout ce que vous voudrez !

— Mais j'y compte bien. De toute manière, tu n'as pas réellement le choix, n'est-ce pas ? Allez, on commence.

Je place son pouce entre les lames et serre suffisamment pour entailler légèrement la chair.

— Tu t'appelles Vivian, c'est ça ?

— Ou… oui.

— C'est bien. Tu vois, on discute amicalement et tout se passe pour le mieux. Allez, question suivante. Tu es un baiseur de femmes mariées ?

— Non, pas…

Sa phrase se termine dans un hurlement de douleur lorsque son pouce sectionné tombe sur le sol. Le sang se met à gicler de la blessure. Il s'agite comme un beau diable.

— Ne bouge pas, j'ai ce qu'il faut pour te soigner, lui dis-je d'une voix prévenante.

J'approche de sa plaie un chalumeau portatif. La flamme cautérise instantanément la blessure, mais l'homme s'évanouit sous la douleur. Une odeur de chair grillée s'élève dans les airs.

— Tant qu'à faire, je continue. Ça ne te dérange pas ?

Je crame méthodiquement l'entièreté de sa main. J'observe avec plaisir sa peau noircie se détacher de la chair mise à nu. Mon travail terminé, je m'assieds à même le sol, les mains jointes sous le menton, déterminé à attendre qu'il reprenne conscience.

Au bout de quelques minutes qui me semblent incroyablement longues, je commence à perdre patience. Je me relève donc brusquement et me dirige vers ma mallette. J'en ressors un gros marteau et deux pointes de Paris afin de lui clouer les mains aux accoudoirs de la chaise. Par laquelle vais-je commencer ? L'intacte ou la boursouflée ? Entre les deux mon cœur balance. Je finis par opter pour le moignon noirci. Je transperce allègrement les muscles et tendons et tire un peu sur son poignet pour m'assurer de la prise. Parfait ! Il est mieux cloué que le Christ lui-même. Je suis un peu déçu par son manque de réaction mais, après réflexion, j'en viens à la conclusion que j'avais dû endommager les terminaisons nerveuses en le brûlant profondément. Je décide de passer à la seconde main.

Au deuxième coup de marteau, Vivian sursaute et se trémousse avec l'énergie du désespoir sur sa chaise.

— Ne te débats pas comme ça, tu vas tout arracher, jubilé-je en ponctuant ma phrase, tel un point final, d'un ultime coup de marteau.

— Pitié… Laissez-moi partir ! Je ne dirai rien à personne, je vous le jure.

— Évidemment. Tu ne dis jamais rien, toi. Tu es un véritable saint. Sois heureux alors, dis-je en lui désignant les mains, tu viens d'avoir une promotion.

Je me poste face à lui, le marteau solidement serré dans la main droite et lui repose ma question :

— Est-ce que tu es un baiseur de femmes mariées ?

— Ou… oui.

— Est-ce que tu as baisé la mienne ? Fais bien attention à ta réponse.

— Je… je ne sais pas. C'est possible, oui.

— Enfin un peu de sincérité ! m'exclamai-je joyeusement. A la bonne heure ! Tu verras, tu seras libéré après m'avoir tout confessé. D'ailleurs, tu peux me considérer comme ton ultime confident. C'est bien comme cela que tu procèdes, non ?

— Je ne comprends pas.

Juste comme je lève mon marteau pour lui broyer la main épargnée par les brûlures, il se met à hurler :

— Oui ! Oui ! C'est ce que je fais !

Je suspends mon geste quelques secondes avant de finalement abattre de toutes mes forces mon arme sur ses jointures. J'entends les os se briser, rythmique de ses gémissements, musique divine à mes oreilles.

— Je suis désolé, lui dis-je. J'avais envie. Mais tu sais ce que c'est n'est-ce pas, de faire passer ses envies en premier plan, et ce, au mépris des dégâts que l'on peut faire. Tu me comprends, j'en suis sûr, ajouté-je en lui tapotant l'épaule.

Je le laisse récupérer quelques secondes. Je ne désire pas qu'il perde à nouveau connaissance et me fasse perdre encore plus de temps.

— Bien ! repris-je finalement. Donc, tu es un baiseur de femmes mariées. Dont la mienne… et, évidemment, tu en sautes tellement que tu n'as aucune idée de qui je parle. Je vais donc t'aider un peu. Je l'ai promis et je suis un homme de parole.

Je lui tourne le dos afin d'aller quérir le smartphone

de ma défunte épouse dans ma veste.

— Voilà ! triomphai-je en agitant le cellulaire devant son visage. Tu le reconnais ?

Devant son visage amorphe et décomposé, je fais preuve de compassion.

— Non, bien évidemment. Suis-je bête. Ces modèles se ressemblent tous. Comme je suis bon prince, je vais t'aider à nouveau. Je vais te lire quelques messages que tu lui as envoyés. Peut-être que ça te rafraîchira la mémoire.

Toi : Ça va chez toi ?

Elle : Pas trop non…

Toi : toujours la même chose ?

Elle : Oui. Je n'en vois pas le bout…

Toi : Si tu veux on en parle ce soir au tel

Elle : Je sais pas. Il se méfie maintenant. Il dit qu'on passe trop de temps ensemble.

Toi : On est amis, non ?

Elle : C'est ce que je lui ai dit, mais il ne me croit pas.

Toi : C'est dingue, ça.

Elle : Il meurt de jalousie. Il me fait même de ces crises… Parfois, il me fait peur

Toi : Écoute, je veux pas te donner de mauvais conseils, mais fais gaffe à toi. On sait jamais.

Elle : je vais couper. Je l'entends revenir. On en parle jeudi. Tu passes toujours vers 10 heures ? Bizzzz

Toi : Yep ! Bizzz aussi. Et je suis là pour toi, OK ?

Elle : Je sais. Merci Vivian.

— Tu vois, mon gars, c'est là que j'ai eu la certitude absolue que ma femme me trompait. Je me doutais depuis un certain temps que quelque chose clochait. Bien sûr, j'essayais de rester rationnel. Je me disais que c'était le résultat de dix années de vie commune, qu'une certaine forme de lassitude s'était installée, qu'il fallait ranimer la flamme des débuts… ce genre de conneries.

— Je sais mainte…

— Tu fermes ta gueule ! hurlais-je en lui assénant une droite que Cassius Clay himself n'aurait pas reniée. Tu fermes ta putain de gueule ! Tu parleras quand je te le dirai ! Pas avant ! C'est clair ?

En essayant vainement d'aspirer le filet de bave sanglante qui lui coule sur le menton, il fait signe que oui.

— Bien, repris-je un peu calmé. Je disais donc que

c'est à cet instant précis que j'ai eu la certitude d'être cocu.. MOI ! COCU ! PUTAIN DE MERDE ! Et je l'ai appris parce que cette conne qui essayait par tous les moyens de cacher ton existence s'était inventé une nouvelle collègue : Caroline. Et j'y avais droit tous les soirs : « Caroline ceci, Caroline cela, Tiens ? Tu sais ce que Caroline m'a dit aujourd'hui ? ». C'était trop soudain, trop gros. Pas du tout le style de ma femme de se lier aussi vite. Dès qu'elle recevait un SMS, un appel ou encore un message de ce Facebook de merde, c'était Caroline ! Il devait vraiment être noté « Ducon » sur mon front. Je ne fus même pas surpris de voir ce message avec ton prénom à la place de celui de Caroline. C'était tellement évident que seule une femme amoureuse et manipulée ne pouvait pas le voir. Parce qu'elle ne le voulait pas ! Elle n'était plus l'épouse attitrée ni la mère de famille, mais enfin et de nouveau une femme ! Tu avais le beau rôle, n'est-ce pas ? Tu pouvais lui offrir ce que je n'étais plus en mesure de faire. Le jeu de la séduction, le plaisir de la découverte de l'autre, les échanges de regards qui sont toujours plus intenses au début d'une relation… Elle trouvait chez toi ce qu'il n'y avait plus chez moi. Je les connais, les bâtards de ton espèce ! Des prédateurs visant les femmes qui ont des petits problèmes de couple. Car ça leur arrive à ces connasses de se sentir prisonnières de ce qu'elles ont toujours voulu : une maison, une famille, des gosses… mais une fois qu'elles ont tout ça, elles se mettent à lorgner sur cette chère liberté qu'elles n'ont plus ! Leur bonheur, celui-là même qu'elles ont tant désiré, idéalisé même, est devenu leur geôle. Alors, elles rêvent d'ailleurs, de princes charmants romantiques et gaulés comme des dieux ! Ensuite, vous arrivez avec votre beau sourire et, le plus important, votre oreille attentive. Car, c'est bien connu, les femmes qui se sentent perdues se confient. Et tu n'as plus qu'à écouter, lâcher une petite phrase à priori innocente, car il ne faut pas que ça sente le plan drague lourdingue, pour trouver la faille. Car elles se sentent moins jeunes, moins désirables depuis leurs grossesses…

Je m'arrête à court de souffle. La main qui serre toujours le marteau tremble comme une pince épileptique.

— Et là, tu leur cours après ! Mais toi, tu ne courras plus, mon cochon, clamé-je en lui explosant le genou gauche.

Je vois la rotule jaillir d'entre les os broyés et, grisé par ses hurlements assourdissants, j'en fais de même avec l'autre jambe avant de finalement laisser choir mon arme à ses pieds.

— Je vais te détacher, maintenant. Dans ton état, tu n'iras plus nulle part.

Je défais les liens de ses mollets et libère ses mains en les arrachant de l'accoudoir d'un coup sec. Il hurle et je n'ai pas honte d'avouer que cela provoque chez moi un début d'érection. Il se met à ramper en direction de la sortie, réunissant ses dernières forces en un rush aussi pathétique qu'inutile.

— Où tu comptes aller, pauvre larve ? me moqué-je. Allez, je te laisse une chance. Je ferme les yeux et je compte jusque dix. La porte est à une vingtaine de mètres. Tu crois que tu peux y arriver ?

Sans attendre de réponse, je me cache les yeux et récite à rebours : dix…neuf…huit… c'est bon, t'avance ? sept… six… cinq… attention, j'arrive… quatre… trois… deux… un…

J'ouvre les yeux et constate qu'il a à peine fait deux mètres tant le moindre mouvement déclenche des douleurs atroces.

— Je t'ai trouvé, ricanai-je en le rejoignant en deux enjambées. Tu es moins doué à ce jeu-là on dirait.

Il roule sur le dos pour me regarder :

— Je sais qui vous êtes ! dit-il d'une voix faible. Mais vous faites erreur ! Votre femme et moi on n'a jamais rien fait ! On s'est juste embrassé quelques fois, c'est tout ! Je vous le jure !

— Mais vous l'auriez fait tôt ou tard, déclaré-je. Je me trompe ?

Son silence est éloquent.

— Et, si je comprends bien, pour toi embrasser n'est pas tromper ?

Nouveau silence.

— Savais-tu que même les putes n'embrassent pas ? lâchai-je. Ma femme valait moins qu'une pute, t'imagine ?

Je me mets à rire. Un mélange de douleur et de folie. Lui, ne partage pas mon hilarité. Les sanglots recommencent à le secouer, comme s'il réalise l'approche de l'inéluctable.

— Ne pleure pas, le consolé-je. J'ai un cadeau pour toi. Tu veux le voir ?

Il me fixe sans répondre.

— Réfléchis bien. Si tu refuses mon présent, je risquerais d'être encore plus en colère. Alors, je répète ma question : veux-tu de mon cadeau ?

— Oui… OUI ! hurla-t-il à bout de force.

— Ça me fait plaisir, tu sais. Ne bouge pas, je reviens tout de suite.

Je cours jusqu'à ma mallette et en ressors un papier brunâtre fermé par un élastique ainsi qu'un autre outil que je dissimule bien soigneusement dans mon autre main. Il se tortille dans tous les sens afin d'en deviner la nature, mais n'y arrive pas.

— Bon, je sais bien que ce n'est pas grand-chose, m'excusé-je. C'est surtout symbolique. Regarde. Ça te plaît ?

Ses yeux s'écarquillent à la vue de ce que contient le papier. Sa bouche s'ouvre, mais aucun son n'en sort.

— Je me suis dit que tu devrais apprécier à sa juste valeur. Il est à toi maintenant. Je le lui ai tranché avant de la brûler. Je n'aurais pas voulu te l'offrir endommagé.

Je lui jette en plein visage l'annulaire sectionné entouré de l'alliance. Il roule sur lui-même comme s'il cherchait à s'en éloigner le plus possible. Il s'immobilise sur le dos.

— Qu'est-ce que tu fais ? Tu as peur ? Mais c'est cela l'engagement, mon gars. Tu prends son cœur et tu lui offres une bague. Mais peut-être que tu ne ressens pas encore cela au plus profond de toi. Qu'importe, je vais t'aider.

Je lui administre un magnifique coup de pied dans les côtes et il se retrouve sur le ventre en hoquetant de douleur. Je m'assieds à califourchon au-dessus et, au bruit caractéristique de la lame crantée glissant dans son conduit, il reconnaît l'objet que je dissimule : un cutter.

Je déchire avec de grands mouvements du poignet tant l'étoffe de son jean que la chair de ses fesses. Il hurle de plus en plus. J'essaye d'introduire le doigt coupé dans son anus, mais il serre tellement les fesses que c'en est impossible.

— Tu ne me laisses pas le choix, dis-je en posant le coin biseauté de la lame sur son sphincter.

J'appuie en tournant, déchirant sa rondelle, le laissant hurler comme un goret. Lorsque je juge le trou assez grand, je pousse le doigt de ma défunte femme le plus loin possible, n'hésitant pas à introduire mes propres phalanges au plus profond de son intimité.

— Voilà, elle est tienne maintenant, dis-je en me relevant. Un bague de merde venue d' une pute de merde dans ton trou du cul de petite merde. Pas de doutes, vous étiez faits l'un pour l'autre.

Pas de réponse. Il a à nouveau perdu connaissance. Un autre coup de pied le fait rouler à nouveau sur le dos. La pièce commence à empester le sang et la merde. Ça ne m'amuse plus. Il est temps d'en finir.

Je suis accroupi à ses côtés lorsqu'il revient à lui. Ses yeux se posent immédiatement sur le flingue sur le sol et il recommence à me supplier.

— Ce n'est pas pour toi, lâche-je. C'est pour moi.

Son regard reflète son incompréhension. Je n'ai pas envie de lui expliquer qu'il ne m'a pas pris que mon épouse, mais également mon envie de vivre.

— Ca c'est pour toi, dis-je en désignant un bidon près de mon autre jambe.

Je me lève et enfile des gants epais. Je n'ai pas envie de m'amocher les mains et, par là même, ne plus être capable de presser la détente.

— Ne me brûlez pas, pitié !

— Calme-toi, ce n'est pas de l'essence. Quoique, à bien y réfléchir, je crois que tu aurais préféré. C'est un truc tout con, qu'on trouve dans n'importe quelle bonne droguerie. Tu ne saisis pas ? Non ? Un autre indice ? Il a plus d'esprit que toi.

Il n'entrave que dalle.

— De l'esprit de sel, putain ! Mais qu'est-ce qu'elle a bien pu trouver à un abruti comme toi ?

Sans attendre de réponse, je commence à répandre le liquide en prenant bien soin de viser les plaies en priorité. Vivian hurle, sa peau se boursoufle avant de se détacher.

— Je sais, ça fait mal, ricane-je en remontant doucement vers le visage.

Je balance une grosse rasade vers sa bouche ouverte sur les cris. Ces derniers se transforment en infâmes borborygmes, mélange d'acide, de sang et de chairs dissolues.

Quelques minutes plus tard, je n'ai plus à mes pieds qu'une masse informe, totalement méconnaissable.

Je m'agenouille non loin de lui et pose le canon de l'arme dans ma bouche. Juste avant d'appuyer sur la détente, je songe à quel point la vie peut être une vraie salope et vous pousser à haïr la personne que vous aimiez le plus. Mais la haine est un bon refuge car, au final, la mort devient délivrance.

Je regarde une dernière fois la neige qui tombe.

Une dernière pensée vient m'arracher un ultime sourire : Est-ce que mon cerveau explosé giclera sur son cadavre ?

Tombe la neige
Tout est blanc de désespoir

Le retour

Cela recommençait…

Ce bruit…

Du regard, Sophie fit le tour de la pièce : tout paraissait normal.

Mais d'où pouvait donc provenir ce grincement ?

Ce n'était pas seulement la cinquième fois que la jeune femme entendait ce bruit ressemblant à s'y méprendre à un cri de souffrance, de résistance. Quelque chose que l'on force, comme un portillon que l'on voudrait ouvrir et qui grinçait au rythme de la poussée exercée dessus.

Le silence fut à nouveau déchiré par ce bruit inquiétant.

Ses yeux s'arrêtèrent sur la porte d'entrée.

Sophie n'aurait pu le jurer mais il lui semblait que la poignée avait bougé. C'était un de ces modèles récents, de forme sphérique, que l'on fait tourner de gauche à droite afin de faire coulisser le pêne. Un modèle plus sûr, tranquillisant, disait-on.

Sophie s'approcha prudemment de la porte dans le but d'en vérifier la bonne fermeture. Elle se tenait sur le qui-vive, jambes fléchies, prête à fuir si nécessaire. Maintenant qu'elle se trouvait à proximité de l'objet de sa curiosité, elle n'était plus certaine d'avoir bien vu. Peut-être avait-elle été victime d'une illusion d'optique ? Cette impression de mouvement était probablement due à un effet de lumière ou, plus simplement, à son anxiété grandissante ? Qu'avait-elle imaginé encore ? Vivre seule n'aidait guère son imagination apparemment. Son cœur bondissait déjà dès que le vent faisait grincer les murs de la maison !

Elle avait beau tendre l'oreille, plus aucun bruit n'était audible. Bien qu'elle mourait d'envie de jeter un coup d'œil par la fenêtre afin de s'assurer de la normalité des choses, elle n'osait s'y risquer de peur de signaler sa présence. Elle avait justement réduit l'éclairage au maximum à cet effet. Certes, le fait que rideaux et tentures fussent tirés pourrait la trahir mais il était trop tard pour y penser. Elle se dit qu'il ne serait pas étonnant qu'elle ait rêvé tant elle avait les nerfs à fleur de peau.

Elle alla donc se rasseoir sur le canapé, mourant d'envie d'allumer la télévision afin de se distraire, de chasser ses noires pensées. Mais nul doute que cela n'était pas la meilleure chose à faire. Elle se tordait nerveusement les mains, nouant ses doigts tel un marin fixe une corde d'ancrage. Elle se dit avec philosophie que, de toute manière, quelles que soient les chaînes sélectionnées, les programmes se révéleraient insipides et ne lui inspireraient que de l'ennui. Elle n'avait de toute façon pas la tête à cela. Elle ne cessait de repenser au message, point de départ de cette sombre affaire. Elle espéra que le fait de le relire éclairerait sa lanterne.

Elle alla chercher au fond d'un tiroir du secrétaire la lettre reçue le matin même. Le petit meuble siégeait dans un coin du salon. La missive ne comportait ni cachet, ni adresse. Aucun tampon postal. Sophie ne pouvait même pas être certaine qu'elle lui soit personnellement adressée. Selon toute évidence, le fait qu'elle ait été glissée sous sa porte d'entrée laisse croire que celui qui avait rédigé le message connaissait son adresse. C'était bien la seule chose dont elle pouvait être certaine. L'enveloppe n'était même pas scellée.

Au début, Sophie avait cru qu'il s'agissait d'un quelconque prospectus publicitaire bien qu'aucun cachet de société n'y fut apposé mais, après avoir retiré la feuille de son étui de papier, elle s'était rendu compte que ce n'était malheureusement pas le cas. Des lettres provenant probablement de quotidiens avaient rageusement été arraché, cela se voyait aux contours de la découpe, pour être grossièrement collées sur une feuille de format classique. Les lettres étaient tachées. La feuille semblait avoir était piétinée. Des traces de boue apparaissaient un peu partout. Le papier reflétait le dégoût et la haine de la personne qui l'avait créé envers le destinataire. De cet assemblage résultait quatre mots :

JE SUIS DE RETOUR.

Et si elle était réellement la destinataire ?

Depuis sa réception, Sophie avait tourné et retourné cette phrase des dizaines de fois dans son esprit enfiévré. Elle ne voyait absolument pas qui pouvait bien lui avoir envoyé cela. Elle avait tout d'abord cru à une plaisanterie mais elle ne voyait pas qui, dans son entourage proche, pourrait s'amuser de la sorte à ses dépens. Même après mûre réflexion, elle ne soupçonnait personne de s'adonner à de telles activités. Certes, c'était très amusant au départ mais chercher et ne pas trouver de coupable la faisait flipper. Et plus le temps passait, plus elle y pensait.

Elle avait donc procédé par élimination. Il était impossible que cela provienne d'un membre de sa famille. Le seul survivant de cette dernière était sa vieille mère habitant à plus de septante kilomètres du domicile de sa fille. Même si elle était d'un naturel facétieux, il était inimaginable que ce soit elle. Sophie n'avait ni frère ni sœur. Et elle n'avait jamais eu connaissance d'un quelconque lien parental éloigné.

Il n'était pas plus concevable qu'un de ses collègues de travail ne soit à la base de cette mauvaise idée. Sophie était employée dans une agence bancaire et les personnes qu'elle côtoyait tout au long de ses journées étaient tout sauf de joyeux drilles. Ils étaient mariés, avec ou sans enfants, et leur sérieux confinait à l'ennuyeux. De plus, ils menaient tous une vie bien rangée et auraient certainement bien trop peur de perdre leurs misérables acquis matériels en se livrant à ce genre de jeu..

Une de ses amies ? Cela n'était pas plus réaliste. Ses relations amicales étaient réduites à ce qu'il convient d'appeler le strict minimum et aucune d'entre elles ne lui paraissaient à même de faire preuve d'autant de mauvais goût. Non, franchement, elle n'imaginait pas une seule seconde l'une de ses trois meilleures amies s'amuser aussi cruellement. Cette piste était d'autant plus ridicule qu'elles ne possédaient pas la moindre parcelle d'imagination, ce que Sophie leur reprochait souvent. Et si, justement, elles avaient échafaudé ce plan afin de lui démontrer qu'elle était dans l'erreur ? Bien confinées dans leur vie dévote, elles frôlaient la bigoterie. En outre, de tels actes étaient en franche contradiction avec les préceptes religieux dont elles se targuaient d'être respectueuses. Sophie esquissa un sourire devant l'incongruité de cette réflexion. Non, c'était grotesque.

Elle avait bien pensé un court instant que

l'auteur de cette plaisanterie pouvait être l'enfant d'un voisin mais, étant donné que le plus proche habitait à plus de huit cent mètres handicapait la logique de son raisonnement. C'était d'ailleurs en raison de cet éloignement relatif qu'elle avait porté son dévolu sur cette maison.

Et après les malheureux événements d'il y a deux ans, elle aspirait à la tranquillité plus qu'à toute autre chose. La seule chose perturbant de manière relative la quiétude qui était sienne était que bon nombre d'amoureux en quête d'intimité se fondaient dans l'ombre complice des murs entourant le jardin à l'arrière de la demeure pour échanger quelques baisers. Ils pouvaient ainsi se consacrer tout à leur aise à leurs ébats bien à l'abri des regards indiscrets. De plus, le chemin n'était pas pourvu d'éclairage, la commune n'ayant jamais jugé utile d'y pourvoir. Sophie trouvait que cela ajoutait au charme de l'endroit mais, dans l'état des faits actuel, c'était plus angoissant qu'autre chose.

JE SUIS DE RETOUR.

Ces quatre mots l'obsédaient plus qu'elle ne

voulait l'admettre. Plus elle y réfléchissait, moins elle comprenait de quoi il pouvait bien s'agir. Le fait que l'auteur emploie la première personne sous-entendait que Sophie la connaissait, si c'était bien sûr à elle que s'adressait le pli. Elle avait beau se creuser la cervelle, elle ne voyait pas qui elle aurait bien pu perdre de vue. Ses fréquentations étant fortement retreintes, cela aurait dû lui sauter de suite aux yeux. Non, ça ne devait certainement pas être pour elle. Elle avait fait le tour de tout le monde, personne ne serait si sale ni méchant avec elle.

En analysant bien le message, il y avait bien plus de menace qu'elle n'avait pu imaginer derrière ces mots. Si quelqu'un désirait annoncer son retour, il n'aurait certainement pas choisi un moyen aussi douteux pour se rappeler au bon souvenir des gens. Au début, Sophie se disait que sa paranoïa faisait prendre des proportions démesurées à un message anodin mais, mais maintenant qu'elle entendait des bruits à l'extérieur, cette hypothèse lui semblait moins plausible. De surcroît, pourquoi l'annonciateur n'avait-il pas téléphoné ? C'était quand même la solution la plus simple. Cela lui aurait évité de tergiverser autour de ces quelques mots. Il n'était pas obligé d'utiliser un moyen aussi biscornu.

Elle déposa tremblante la missive sur la table du salon et se rendit dans la cuisine afin de se servir un verre d'eau. Au dehors, les grondements du tonnerre s'amplifiaient. Le ciel d'un noir d'encre était lacéré de nombreux éclairs. Sophie entendait la pluie crépiter contre les vitres avec une violence accrue. Jamais tempête n'avait atteint une telle intensité lui semblait-il. Bien sûr, cette impression n'était probablement due qu'à son état d'esprit. Elle tenait néanmoins là l'explication au dérangement des lignes téléphoniques.

Elle avait bien tenté de joindre les forces de police pour leur faire part de cet étrange courrier mais, alors que son correspondant l'avait mis en attente, une voix mécanique dénuée de toute intonation humaine lui répétant inlassablement la même phrase stéréotypee, la communication avait été soudainement interrompue. Depuis, plus aucune tonalité ne jaillissait du combiné. La foudre était certainement tombée sur un des relais de télécommunication.

Sophie essayait de faire taire cette petite voix lui susurrant vicieusement que la tempête n'était pas responsable de cette coupure car elle refusait de céder à la panique. Si elle laissait vagabonder ses pensées sur ce terrain dangereux, elle ne serait plus à même de faire face aux événements. Ça la faisait rire, mais pas rire de bon cœur. Rire d'angoisse. Son palpitant battait plus fort et son cerveau commençait à imaginer tout plein d'histoires aussi irréelles les unes que les autres. Pourquoi s'inquiétait-elle autant ? Le vent aurait bien pu faire voler l'enveloppe jusqu'à sa porte !

Cela faisait maintenant deux longues heures qu'elle regardait l'orage gronder. Autant dire que cela lui paraissait être une éternité. Pour couronner le tout, la lumière commençait à vaciller, ce qui conférait à son inquiétude la dimension angoissante qui lui manquait.

Tout à ses réflexions, elle s'apprêtait à rejoindre le canapé lorsqu'elle crut apercevoir du coin de l'œil un visage collé à la vitre attenante au meuble situé au-dessus de l'évier.

Elle se colla immédiatement contre le mur, hors

de vue de ce voyeur nocturne. Son cœur battait la chamade et elle se sentit glacée. Cette fugace vision avait fait monter son taux d'adrénaline bien plus haut que le seuil de tolérance normal.

Le décor se mit à tanguer devant ses yeux. Elle lutta afin de ne pas sombrer dans l'inconscience. Si elle perdait connaissance, elle serait complètement sans défense face à ce visiteur nocturne. Elle regarda ses mains. Elles étaient bleues, limite transparentes. Encore un effet de lumière, cela ne pouvait pas être autre chose.

Elle déglutit péniblement. Sa gorge était nouée par l'émotion. Il lui fallait aviser rapidement. Elle ignorait qui pouvait bien être cette personne mais il était impensable qu'elle vienne avec des intentions amicales.

L'heure était tardive, la maison isolée, tout jouait en faveur du supposé malandrin.

Elle pouvait toujours envisager la fuite. La maison comportait une petite porte donnant sur le chemin à l'arrière de la propriété mais c'était risqué. Comment pouvait-elle être certaine que le malfaiteur n'avait pas un complice surveillant déjà cette issue ? Et puis elle tremblait tellement qu'elle trébucherait sûrement. Sans parler du fait d'être discrète. Non, elle ne pouvait rien faire. Attendre que l'être qui se trouvait dehors parte. Et elle ne devait surtout pas paniquer ! A cet instant, on tambourina à la porte.

Oh mon Dieu ! Aidez-moi...

Les trois coups brefs assénés avec force contre le panneau de bois résonnèrent à travers toute la maison pour mourir lamentablement quelques fractions de secondes plus tard.

Sophie se dit que le rôdeur avait dû faire le tour. Les bruits extérieurs qu'elle entendait depuis le début de la soirée n'étaient donc pas le fruit de jeunes libations amoureuses comme elle l'avait d'abord imaginé.

Sa respiration ne cessait de s'accélérer. Son sang cognait de plus en plus fort sur ses tempes. Elle ne savait pas quoi faire. Elle arrivait à peine à réfléchir.

On frappa à nouveau, de plus belle. Sophie pensa sottement qu'il serait temps de faire réparer la sonnette. Elle n'en avait jamais fait les frais vu le peu de visites qu'elle recevait. La jeune femme était terrifiée. Cependant, elle n'allait pas se terrer de la sorte en attendant patiemment que le rôdeur ne passe à l'étape suivante. Qu'allait-il faire ? Casser une vitre ? Enfoncer la porte ? Que pourrait-elle bien faire une fois qu'elle serait face à lui ? Crier ne servirait à rien. La fuite n'était pas la meilleure solution étant donné que la course à pied n'était pas son fort. De plus, l'agresseur était certainement venu ici en voiture.

Elle reprenait ses esprits petit à petit. Elle décida que la défense était la meilleure perspective. Elle chercha des yeux un objet dont elle pourrait faire usage et n'en vit qu'un seul : le tisonnier posé près de l'âtre du feu au charbon. C'était une bien piètre arme mais c'était mieux que rien. Malgré la chaleur, il sembla à Sophie de voir de la buée sortir de sa bouche d'où l'air était expiré fortement. Elle douta une nouvelle fois de la véracité des faits. Avait-elle vraiment vu cette œil à travers la fenêtre ? À y repenser, il lui avait paru bien gros et trop globuleux pour être celui d'un humain. Et si c'était juste une chouette qui mangeait une souris d'un peu trop près de la maison ? Cela expliquerait les grincements et les visions ! Mais les coups frappé à la porte, qu'est-ce qui les expliquait ?

La porte craqua. Des coups d'épaules étaient assénés en vue de l'enfoncer. N'étant pas de constitution robuste, le panneau ne tarderait pas à céder. Sophie sursauta plus d'une fois. Le bruit allait finir par la rendre folle.

La jeune femme se précipita pour saisir son arme improvisée. L'objet contondant à la main, elle se cacha derrière la porte. De justesse ! Le châssis venait de rendre l'âme.

Déjà, une main prolongée d'une arme à feu se faufilait par l'entrebâillement. Prenant son courage à deux mains, ou plutôt laissant la sottise prendre le dessus sur sa volonté, Sophie abattit violemment le tisonnier sur le poignet de l'individu. Ce dernier poussa un cri de douleur. Avant même que l'agresseur ne puisse réagir, elle ouvrit la porte à toute volée et le frappa à plusieurs reprises au visage. L'homme tenta de se protéger avec les bras mais un coup porté plus violemment que les autres le fit s'écrouler. Elle avait envie de hurler. Elle était énervée, effrayée, fatiguée. Alors elle frappait. Encore et encore. De plus en plus fort.

Sophie s'arrêta, essoufflée. Ses cheveux collaient à son visage trempé de pluie et de sueur. Quelque goutte de sang avaient giclé sur son t-shirt. Elle contempla le corps gisant à ses pieds. C'était un homme d'une quarantaine d'années d'après ce que son visage tuméfié laissait entrevoir.

Elle fit le tour du corps avec circonspection. Elle put voir qu'elle n'y était pas allé de main morte : l'arrière du crâne était en partie défoncée et une traînée de sang s'en écoulait. Elle poussa l'homme du bout du pied. Il n'avait plus aucune réaction. Elle souriait, haletante. Elle s'était défendue de manière héroïque. Certes, elle avait eu très peur, mais l'homme était à présent au sol et inanimé.

Était-il conscient ? Et s'il se réveillait et qu'il l'attrapait ? Elle s'en approcha un peu plus, prudemment, de peur qu'il ne reprenne connaissance. Elle avait pleinement conscience du ridicule de ses pensées probablement inspirées par les films d'horreur de série Z dont elle se gavait à longueur de soirées.

Sophie s'accroupit et courut le risque de lui saisir le poignet afin de prendre son pouls. Elle devint blême en constatant l'absence de pulsations cardiaques. Elle se releva, tremblant de tous ses membres. Maintenant que son adrénaline était retombée, elle prenait pleinement conscience de ses actes.

Qu'allait-elle faire ? Elle venait de tuer quelqu'un ! C'était certes de la légitime défense mais comment expliquer cela à la police ? Elle réfléchit à toute vitesse. Ses yeux passaient du corps à la fenêtre avec une rapidité effrayante. Une idée saugrenue lui vinait à l'esprit : faire disparaître le corps. Aussi stupéfiant que cela puisse paraître, elle trouvait cette alternative séduisante. Elle n'avait parlé à personne de la lettre et vu l'isolement de la maison, il y avait peu de chance qu'il y ait un témoin. Et elle n'avait pas eu le temps de donner son nom et son adresse à la police. Tout s'emboîtait donc pour le mieux. La seule chose qui pourrait la gêner était sa conscience mais elle arriverait bien à la faire taire. Les tueurs dans les séries

TV y arrivaient eux, alors pourquoi pas elle.

Elle alla voir si le véhicule de l'agresseur se trouvait dans la rue. Nulle voiture n'y était stationnée. Seule une mobylette posée contre un arbre était visible. Elle empoigna le cadavre par les pieds et le traîna dans la maison. Sur le perron, la pluie effaçait toute trace de sang. Elle n'aurait qu'à faire de même dans l'habitat.

Elle s'empara de la lampe torche dans un tiroir de la cuisine et regagna la rue. Elle fit le tour de la propriété afin de s'assurer que personne ne se trouvait tapi alentour. Après quelques minutes d'inspection, elle fut satisfaite : l'endroit était désert. Elle saisit fermement le guidon du vélomoteur et le tira dans le jardin par la porte du mur d'enceinte. Il ne lui restait plus qu'à dérober le corps aux regards. A cette pensée, son être se révulsa. Elle sut alors qu'on ne s'improvisait pas assassin. Mais, maintenant qu'elle avait commencé, elle était forcée d'aller jusqu'au bout. Elle se voyait mal prévenir la police alors qu'elle avait mis ses empreintes sur le corps et sur le véhicule. Qu'allait-elle bien faire du cadavre ? Il lui répugnait de l'enterrer dans le jardin mais elle ne pouvait pas non plus se risquer à l'enfouir ailleurs. Si on le découvrait, cela risquerait de mener les enquêteurs jusqu'à elle. Elle ne voyait donc aucune autre alternative.

Elle tira le corps jusque-là. Une longue traînée de sang indiquait le chemin parcouru. Elle en serait quitte pour tout nettoyer. Elle alla chercher dans l'abri de jardin les instruments nécessaires à l'enfouissement du corps. A l'aide d'une pelle, elle commença à creuser un trou. Grâce à la pluie, la terre était bien meuble, ce qui diminuait considérablement les efforts à fournir.

Qu'était-elle en train de faire ? Tuer un homme était une chose, même si c'était de l'auto-défense. Mais l'enterrer dans son propre jardin en était une autre ! Si jamais elle déménageait, qu'adviendrait-il du corps ? Si des enfants s'amusaient à creuser pour jouer et qu'ils tombaient sur le cadavre, qu'elles imagent leur laisserait-elle durant leur vie ? Et si ils devenaient eux aussi des tueurs après avoir vu le corps ? Ses pensées allait bien trop loin, elle ne devait pas penser à cela maintenant. Et puis qui dit qu'elle déménagerait ?

C'est alors qu'une voix se fit entendre dans la

maison, l'appelant par son nom.

— Il y a quelqu'un ? Madame Lidian !

Sophie leva la tête, son cœur recommençant à s'emballer. Qui cela pouvait-il être ?

— Madame Lidian ! C'est la police ! Vous êtes là ?

Sophie cru défaillir. La police. Comment se faisait-il que la police se présentait à son domicile ? Qu'allait-elle dire ? Qu'allait-elle bien pouvoir faire ? Rien ne se passait comme prévu. Elle regagna la maison en frottant ses mains maculées de terre sur son pantalon.

Et merde, tant pis pour la terre. De toutes façons, je n'ai plus le temps de me changer. Mais que viennent-ils faire ici !

Alors qu'elle rentrait dans la cuisine, elle aperçut un agent de police, l'arme au poing.

— Vous n'avez rien ? demanda-t-il en la voyant.

— Non, répondit Sophie, assez agacée qu'on la dérange en un moment pareil. Comment se fait-il que vous soyez là ?

— Un de nos inspecteurs est passé chez vous. Il a fait le tour du propriétaire et, malgré tous les signes de présence, personne ne lui a répondu quand il s'est présenté à la porte. Craignant le pire, il nous a contacté afin de nous signaler son intention de pénétrer dans la maison.

— Je n'ai vu personne, mentit Sophie.

Elle sentait bien que sa voix ne paraissait pas normale. Elle tremblait aussi, d'énervement.

— Vous en êtes sûre ? demanda l'agent d'un air suspicieux. C'est pourtant bien vous qui avez contacté le central de la police il y a plus ou moins trois heures ?

— Comment m'avez-vous trouvée ? se demanda Sophie. Je n'ai eu personne au bout du fil.

— Vraisemblablement, poursuivit le policier, la communication a été coupée avant que nous ayons pu donner suite à votre appel. C'est pourquoi un de nos inspecteurs a décidé, vu que votre maison se trouvait sur le chemin de son retour, de venir se rendre compte sur place si tout était en ordre.

Sophie comprenait tout à présent. La personne qu'elle avait prise pour un rôdeur n'était autre qu'un policier ! Comment allait-elle se sortir de ce pétrin ? Son inquiétude n'échappa pas à l'agent qui la détailla des pieds à la tête.

— Vous jardiniez ? demanda-t-il.

— Oui.

— Par ce temps ?

— J'aime quand il pleut.

— Vous vous êtes coupée ?

— Non, pourquoi ? répondit Sophie sans réfléchir.

A cet instant, l'agent la mit en joue et lui ordonna de lever les mains. Il demanda à son collègue de la surveiller pendant qu'il allait voir dehors ce que Sophie trafiquait. Il revint rapidement. Toute arrogance avait disparu de son visage pour faire place à une stupéfaction de mauvaise aloi.

— Passe lui les menottes, ordonna-t-il à son coéquipier. Madame Lidian, je vous arrête pour homicide volontaire sur la personne d'un représentant des forces de l'ordre.

— Je vais vous expliquer, commença Sophie.

Des larmes venaient couler doucement sur ses joues. C'était la fin.

— Vous en aurez tout le temps au poste de police.

Ils embarquèrent Sophie dans le fourgon, la tenant fermement par le bras.

À leur arrivée au commissariat, l'interrogatoire débuta immédiatement. Sophie leur expliqua l'histoire en commençant par le début. Elle mentionna la lettre, l'état dans lequel la lecture de celle-ci l'avait plongée et l'affreuse méprise à la base du meurtre dont elle s'était rendu coupable. Toute cette histoire lui paraissait sans dessus-dessous à présent. L'avait-elle rêvée ? Mais pourtant elle se trouvait bien dans cette salle interrogatoire devant deux policiers à l'air grave. Et la terre et le sang sur ses vêtements ne pouvaient la tromper. Tout ceci était donc réel, depuis le début.

Après plusieurs heures, l'agent vint trouver

Sophie dans le cachot où elle avait été enfermée à titre préventif. Il lui apprit que cette lettre émanait de son mari.

— Mon mari ? s'étonna Sophie. Mais il est mort il y a maintenant plus de deux ans ! C'est pour cette raison que j'ai déménagé.

— Je suis désolé de vous l'apprendre en de pareilles circonstances mais votre époux est bel et bien vivant. Il s'est fait passer pour mort et s'est enfui à l'étranger avec l'argent qu'il a détourné à son employeur. Par quel stratagème a-t-il réussi ce tour de force ? Nous l'ignorons encore. Toujours est-il que le corps que vous avez identifié il y a quelques années dans le cadavre calciné de votre voiture n'était pas le sien. Certes, l'état dans lequel le corps se trouvait rendait difficile toute identification digne de ce nom mais, étant donné que vous l'aviez reconnu, nous n'avons pas jugé utile de procéder à un relevé d'empreintes dentaires. Il paraît donc maintenant que votre époux se serait rendu coupable d'un crime afin de substituer le corps d'un malheureux au sien.

— Mais pourquoi aurait-il cherché à me contacter après ces années ?

— Vraisemblablement, il se croyait désormais à l'abri. Malheureusement pour lui, les services de répressions des fraudes ne lâchent pas aussi facilement leurs proies. Même quand la personne est déclarée décédée, le dossier reste en suspens quelques années. De tels cas ont déjà été constatés. C'est pourquoi le système a été adapté en conséquence. Ce qui l'a perdu est justement qu'il n'ait pas voulu refaire sa vie avec une autre.

L'agent quitta la cellule, laissant Sophie seule en proie à son désespoir. Par deux fois, son époux avait ruiné volontairement sa vie. Mais là, c'était l'apothéose. Il avait tout fichu en l'air, elle allait très certainement finir sa vie en prison. À cause de lui ! Le seul espoir qu'il lui restait était la clémence de la justice. Elle tremblait à nouveau. Mais cette fois-ci, c'était la colère qui dirigeait son corps. Elle hurla de rage, finissant en boule au fond de sa cellule, laissant son imagination prendre le dessus sur sa volonté.

Les frémissements de ta chair

Gonzague soupire en posant son huitième verre de vodka sur le comptoir. Il émet un claquement de langue de satisfaction et regarde sa montre. Déjà deux heures du matin ! Ses potes l'ont laissé en plan pour rentrer se coucher. Ce soir, il avait bien compris qu'ils n'étaient venus que pour lui signifier qu'ils ne voulaient plus rien à voir avec lui. Un pot d'adieu en quelque sorte, sonnant la retraite de leur amitié.

— Bande de connards ! râle-t-il entre ses dents en faisant un geste au barman de lui remettre ça.

Tandis qu'on remplit à nouveau son verre, il fait pivoter son tabouret et parcourt du regard les fêtards qui restent dans la salle et sur la piste. Il avait invité ses amis dans ce qu'on lui avait décrit comme étant l'endroit branché du moment. LE lieu à absolument fréquenter. Un sourire las étire ses lèvres. Il y a eu tromperie sur la marchandise. On lui avait promis musique d'enfer et canons à gogo. Au lieu de ça, il se retrouve avec des chansons rétro et des filles banales.

— Des canons ! Tu parles, siffle-t-il, dépité.

S'il n'avait pas été inscrit *dancing* sur la façade il se serait cru dans une boucherie.

— Ce soir, s'esclaffe-t-il intérieurement, c'est soirée boudin.

Il fait à nouveau face au bar, s'enfile d'un trait la boisson fraichement servie et fait signe de l'abreuver à nouveau. Il rigole tout seul en se disant que la seule chose qu'il va bourrer ce soir c'est sa tronche. Pourtant, s'il le voulait, il n'aurait qu'à claquer des doigts pour avoir l'une de ces pimbêches qui se dandinent à ses pieds. Beau mec, friqué et beau parleur, il savait y faire avec les gonzesses. Son sourire en avait fait craquer plus d'une qui, après s'être noyée au fond de ses yeux noisettes, s'était retrouvée dans son lit. Des coups d'un soir. Il ne désirait rien d'autre. Les rêves préfabriqués de la famille et des chiards à torcher, c'était pas pour lui.

— Je suis un homme libre ! dit-il à voix haute.

Mais personne ne l'entend, à l'exception d'un gars à sa droite qui le regarde d'un œil vitreux tant l'alcool a fait son office.

— C'est vrai, mec ! dit-il au curieux. Pas d'entrave !

Un hochement mou de la tête est la seule réponse qu'il obtient de l'inconnu. Gonzague hausse les épaules.

Après tout, qu'est-ce qu'il en a à foutre ? Ses potes ne veulent plus de lui ? Il s'en fera d'autres. Il les achètera s'il le faut. La sincérité en amitié est une belle connerie. Il se retrouvait seul ce soir à cause de cette salope ! Elle s'appelait Sonia. Une lueur glaciale traverse son regard tandis qu'il se remémore la scène. Cela remonte à quelques semaines. Une soirée comme celle-ci.

Une fille bon chic bon genre qu'il ne laisse pas indifférent tant elle l'observe souvent. Les regards qui se croisent, les sourires de connivence, les paroles inhérentes à la parade amoureuse pour aboutir au dernier verre. Celui que l'on prend en privé, chez lui ou chez elle, afin de prolonger la soirée. Mais avec cette nana, les choses ne se sont pas passées comme prévu. Elle avait commencé à faire sa mijaurée. Après l'avoir allumé une bonne partie de la soirée, elle ne voulait pas passer aux choses sérieuses. Putain, il lui avait payé bon nombre de cocktails et, maintenant qu'il était l'heure de passer à la casserole, elle se débinait. Il l'avait prise de force. Il se souvenait du bruit de la soie tandis qu'il déchirait son chemisier, ses cris apeurés alors qu'il lui malaxait les seins, ses implorations alors qu'il fouillait l'intérieur de sa culotte. Ce mélange eut sur lui l'effet d'une explosion de testostérone augmenté par l'absorption de l'alcool. Il avait beau avoir utilisé l'excuse d'un état éthylique avancé ayant entraîné une perte de mémoire partielle des événements, il se rappelait au contraire du moindre détail. Le souffle qu'elle exhalait dans son oreille tandis qu'il la besognait comme un fou, sourd à ses cris de douleurs et ses appels au secours. Sa jouissance avortée alors que des coups aussi vigoureux que ceux de ses reins résonnaient à la porte. L'œuvre d'un voisin qui, alerté par les hurlements, avait prévenu la police. Il se souvenait du bruit du battant qu'on défonce, de la sensation de sexe raidi sorti de force du fourreau humide, des menottes qu'on lui passait aux poignets sans même lui laisser le temps de remonter son futal… Il se rappelait d'absolument tout !

Devant le tribunal, il avait plaidé non coupable. Le rapport était, selon ses dires, consentant.

— Elle m'a tourné autour toute la soirée et m'a invité à prendre un dernier verre chez elle ! avait-il martelé à la barre. Et ensuite, nous nous sommes jetés l'un sur l'autre. Je ne sais pas exactement ce qui s'est passé. On était tous les deux bourrés. Mais même si c'était bestial, c'était voulu des deux côtés.

Les témoins avaient ensuite défilé. Ses trois amis en faisaient partie. Tous les témoignages se recoupaient qu'ils proviennent du barman, du patron de l'établissement ou de ses potes. Ils avaient tous sans exception déclarés que le prévenu et la victime présumée avaient passé une bonne partie de la soirée ensemble, échangeant rires et clins d'œil complices. Rien ne laissait présager de la tournure des événements, avaient-ils confirmé à l'unanimité.

La jeune fille, en larmes, écoutait les plaidoiries qui amoindrissaient la faute de Gonzague tout en la faisant passer pour une fille de peu de vertu. Les jurés avaient finalement conclu à une soirée de sexe extrême qui avait partiellement mal tourné.

L'avocat de Gonzague avait appuyé sur la réputation de séducteur de son client tout en ne manquant pas de souligner l'inexistence d'antécédents. Son casier était bien la seule chose vierge qui lui restait !

Faute de preuves concrètes et en vertu des témoignages, le non-lieu fut déclaré. Le sourire triomphant de Gonzague contrastait avec l'air dévasté de sa victime. Le juge déclara la séance levée et tout le monde quitta la salle. La sœur de la victime hurlait que c'était un scandale, une parodie de justice. En pleurs, ses parents l'entraînèrent de force avant qu'elle ne soit inculpée pour outrage à magistrat. Gonzague se rappelait aussi de son visage. Une petite grosse binoclarde au faciès porcin et grasse comme du saindoux.

Tandis qu'il descendait les marches en compagnie de son homme de loi, Gonzague assista à une scène effroyable. Le visage ravagé d'avoir été bafouée dans son intimité et dans son honneur, la malheureuse se jeta sous les roues d'un camion devant tout le monde. Aucune personne présente ne pourra jamais oublié de bruit de la chair écrasée, des os brisés et des freins criants. Gonzague s'en rappelait peut-être mieux que personne.

Un nouveau rictus déforma son visage. Justice était faite. Cette salope n'avait eu que ce qu'elle méritait ! Quant à lui, il était libre !

Il ignorait à cet instant que ce décès signait également la mort de sa relation avec ses amis. Ils avaient des problèmes de conscience, comme si leur témoignage avait poussé au suicide cette malheureuse.

Des problèmes existentiels de gonzesse, leur avait-il déclaré. Mais le ressort était cassé. Revoir Gonzague les confrontait avec ce qu'ils avaient fait et cela leur était insupportable.

— Bande de lopettes ! cracha-t-il en siphonnant sa dernière vodka.

Il commençait à voir trouble. Il était temps pour lui de rentrer. Un verre de plus et il ne serait plus en état de conduire. Manquerait plus qu'il écrase un quidam ! Il s'esclaffa tout seul en songeant qu'on lui reprocherait de ne pas être descendu de véhicule pour lui passer dessus. Et si c'était une gonzesse, il aurait double jackpot !

Il paya ses consommations et se dirigea en titubant légèrement vers la sortie tout en fouillant ses poches à la recherche de ses clés. Il allait déboucher sur le parking lorsqu'on posa la main sur son épaule.

— Tu t'en vas déjà, beau mec ?

Gonzague se retourna et ouvrit la bouche de stupéfaction. Devant lui se tenait une femme si magnifique qu'il se demandait comment il ne l'avait pas vue auparavant. Grande, les cheveux bruns au carré, des yeux vert opale, un visage si délicat qu'il semblait être de porcelaine, une paire de seins à faire damner un saint et des jambes interminables. Elle portait une robe moulante qui ne cachait pas grand-chose de ses atouts. Il était face à la femme de ses rêves les plus fous.

— Ou… ouais, je rentre, bredouilla-t-il.

— Déjà ? fit l'ingénue avec une petite moue de déception. J'espérais que tu m'offrirais un verre et qu'on fasse connaissance.

Gonzague hésita.

— En temps normal, ça aurait été avec plaisir mais là, il vaut mieux que je rentre. Un verre de plus et je souille tes escarpins.

— Si tu veux je te reconduis chez toi. Et demain je te ramènerai ici pour que tu reprennes ta voiture, ajouta-t-elle dans la foulée pour prévenir toute objection.

— Je ne sais pas…

— Écoute, j'ai très envie de sentir ta grosse queue dans ma chatte.

Gonzague ouvrit en grand la bouche. Jamais il n'avait entendu ces mots graveleux dans la bouche d'une femme excepté dans les films spécialisés. Était-ce un effet de l'alcool qui aurait fait ressurgir un vieux phantasme ou avait-elle réellement dit cela ? Toujours est-il que cette déclaration inattendue eut sur lui l'effet d'un électrochoc qui le fit dégriser partiellement.

— Allez viens, dit-elle en le prenant par le bras. J'ai envie de toi.

Subjugué, il se laissa emmener jusqu'à un magnifique coupé Mercedes et s'affala sur le siège passager tandis que l'inconnue s'installait derrière le volant. Il n'y avait rien là de prudent, il le savait pertinemment mais pouvait-il refuser ? Rembarrer la femme idéale qui vous promet les délices de la chair aurait été incongru. Ce genre d'occasion ne se présente qu'une fois dans toute une vie !

La jeune fille roulait nerveusement, prenant chaque virage à la corde, ce qui ne manquait pas d'arracher un gémissement à son compagnon d'un soir. Gonzague faisait tout son possible pour calmer ses haut-le-cœur afin d'éviter de s'épancher sur le tableau de bord. Le bolide stoppa tout aussi brusquement devant une petite maison du centre-ville.

— Tu vis seule ? demanda-t-il en entrant.

Dans son état, il ne désirait pas tomber sur un mari jaloux. Il aurait été bien incapable de se défendre.

— T'inquiète, rigola la jeune fille. Je partage les lieux avec une amie mais elle est en vacances actuellement. On a la maison pour nous !

Sans préambule, elle le prit par la main et l'entraîna vers la chambre à coucher. Elle le poussa sur le lit, le faisant tomber sur le dos. Elle se plaça à califourchon au-dessus et entreprit de déboutonner lentement sa chemise. À chaque ouverture de pression, elle fit passer sa langue sur la poitrine de Gonzague. Les effets de l'alcool commençaient à refluer sous les assauts de la libido et il entreprit à son tour de laisser courir ses mains sur son amante. Elle se dégagea et enleva promptement ses vêtements. Gonzague la dévorait du regard. Son corps était absolument splendide ! Il n'y avait pas la moindre petite imperfection. Ses yeux s'attardèrent sur les petits seins aux tétons pointant fièrement sous l'effet du désir avant de s'arrêter sur l'entrejambe aux poils pubiens taillés façon ticket de métro.

— T'attends quoi ? demanda-t-elle. Une invitation ?

Il ne se le fit pas dire une seconde fois et enleva précipitamment ses frusques, les envoyant voler de part et d'autre du lit. Il attrapa la belle par la taille, la fit rouler sur le lit et s'inséra en elle sans ménagement. Au diable les préliminaires ! Il avait l'impression que sa queue allait éclater tant elle était gorgée de désir. Il enfouit sa tête dans le creux du cou de sa maîtresse, lui mordillant légèrement la peau. Elle émit un petit rire qui le tétanisa. Ce n'était pas un gloussement comme si elle était réceptive à ses caresses. C'était autre chose qu'il ne parvenait pas à identifier. Il se redressa et, en plaçant son visage face à celui de son amante, il émit un cri de frayeur.

Ce n'était plus la femme magnifique qui l'avait invité pour une partie de jambes en l'air ! La chose qui se trouvait sous lui avait le visage affaissé d'une morte. Tout son corps n'était que chairs pourrissantes et il avait l'impression de s'enfoncer dans cette abomination. Il hurla comme un possédé et tenta de se dégager. La créature émit un rire cruel tout en resserrant l'étreinte de ses bras et de ses jambes, le forçant à la pénétrer plus profondément. Elle planta ses ongles dans le dos du malheureux, lui déchirant la peau encore et encore. Lorsque les chairs furent à vif, elle pressa ses lèvres contre les siennes, cherchant à insinuer sa langue froide à travers les dents de son amant.

— Embrasse-moi, murmura-t-elle avec un sourire sardonique.

Gonzague vomit sur le visage en décomposition lorsqu'il vit que des dizaines de petits vers blanchâtres remuaient au fond de la cavité buccale. Ignorant le jet de bile, la chose en profita pour l'engorger profondément, lui charriant dans la bouche ses parasites. D'un ultime coup de reins, Gonzague se libéra. Il sentait les asticots descendre dans sa gorge. Il en avait également plein le torse et sur les parties génitales. Il hurla de douleur lorsque l'une des nématodes s'insinua dans son méat, suivie de plusieurs de ses congénères. Deux secondes plus tard, il se tordait au pied du lit, convulsant de douleur et cherchant en vain à respirer. Les vers le dévoraient de l'intérieur. D'un œil que l'approche de la mort rendait vitreux, il vit la chose se lever.

— Voilà, dit-elle d'une voix qui n'avait plus rien de suave. Ta vengeance t'est accordée.

Gonzague essaya dc tourner la tête afin de voir l'interlocutrice de la créature mais ce fut elle qui se plaça face à lui.

— Pour ce que tu as fait à ma petite sœur, tu

souffriras mille tourments, crapule.

Reconnaissant son bourreau, Gonzague cracha un « Sale pute » ponctué par un asticot qui s'échappa de ses lèvres et se tortilla sur la moquette.

— Pour sa damnation éternelle, tu me seras redevable de ton âme, déclara le succube.

— Tel est notre pacte, confirma la fille. Tu peux l'emmener maintenant.

Le démon esquissa un geste de sa main décomposée et un puit de ténèbres s'ouvrit sur le sol de la pièce. Il se pencha pour attraper par le pied un Gonzague suppliant et se tortillant et l'entraîna à sa suite dans le gouffre.

La dernière chose qu'il vit du monde fut le sourire satisfait de la sœur de sa victime.

Oniriande

— Messire Johan ! Messire Johan !

L'interpellé releva la tête.

— Qu'y a-t-il, brave Darfan ?

Ce dernier était un de ses plus fidèles serviteurs. Farfadet difforme issu de la plus basse classe sociale de son espèce, il avait été élevé au rang de messager princier quelques cycles auparavant.

Depuis, il vouait à son Seigneur et maître une indéfectible reconnaissance et exécutait les tâches qui lui étaient assignées avec compétence et diligence.

Le prince Johan avait régulièrement recours à ses services pour se tenir au courant des événements secouant le royaume d'Oniriande.

Depuis quelques mois, ce dernier était la proie d'une frénétique agitation. Les Troupes du Cauchemar menées par le Seigneur Cercan avaient été aperçues à proximité des frontières et un vent de panique soufflait sur la population.

Cet ennemi séculaire dont la soif de conquête le poussait à envahir d'autres contrées quittait le rang de légende auquel les on-dits et les récits d'immigrés nordiques l'avaient relégué pour prendre une dimension réelle d'autant plus douloureuse.

Le roi Jason, père du prince Johan, était trop préoccupé par l'état de santé de son épouse, la reine Sarah, pour gérer les affaires inhérentes à son royal statut. Afin de passer le plus de temps possible au chevet de sa femme souffrante, il avait délégué à ses intendants le soin de subvenir aux considérations matérielles.

Son fils avait été désigné d'office pour assurer la sécurité au sein du royaume en raison des compétences tactiques dont il avait déjà fait preuve malgré son jeune âge.

Le prince Johan avait donc renforcé la surveillance à tous les postes frontières et mis en place des milices quadrillant la ville. Le rôle de ces dernières était de s'assurer qu'aucun ennemi n'était en mesure de fomenter contre le pouvoir royal un complot ourdi de l'intérieur ainsi que de rassurer la population du fait de leur présence sécurisante.

Les elfes étaient donc chargés de la sécurité frontalière et les lutins de la territoriale.

Oniriande était un des derniers bastions représentatifs de la bonne entente entre les humains et les génies des bois. Partout ailleurs, ces êtres avaient revêtu un aspect mythique suite à une mauvaise cohabitation due à la soif de domination des êtres humains. Mais, dans ce royaume, tout se passait pour le mieux. À l'exception de quelques rixes générées par l'alcool, nulle voie de fait entre les différentes espèces ne défrayait la chronique. L'arrivée menaçante des Troupes du Cauchemar avait même tendance à resserrer les liens qui les unissaient.

Oniriande était majoritairement bordée de forêts. En assurer la sécurité n'était donc pas tâche aisée. Pour l'instant, aucun mouvement des troupes ennemies n'avait été constaté. Elles se contentaient de camper à distance respectueuse des lignes défensives érigées sur le front sur les conseils avisés du prince. La population et la famille royale n'en étaient pas moins plongées dans la perplexité et la crainte.

Si jamais le Seigneur Cercan venait à lancer l'attaque, les forces royales ne seraient certainement pas de taille à endiguer l'avancée ennemie et encore moins à la repousser. Le génie stratégique du prince conjugué à la sagesse de son vénérable père ne suffiraient probablement pas à faire pencher du bon côté la balance de Dame Fortune.

Le prince posa son regard empreint de candeur sur le serviteur prosterné devant lui, un genou posé à terre et la tête inclinée en marque de respect et d'allégeance. Cela le faisait paraître plus chétif qu'il ne l'était en réalité, ce qui n'était pas peu dire.

— Les troupes ennemies se sont mises en marche, Monseigneur ! clama le farfadet.

Le prince se leva de son trône de toute la vigueur de son jeune âge. Bien qu'il portât déjà le poids de ses douze cycles, il faisait souvent preuve d'une impétuosité que son père qualifiait de juvénile.

— Quelle est la situation ?

— Ils ont défoncé la première ligne défensive et poursuivent leur marche.

— Retourne sur le front et reviens me rendre compte de l'évolution des combats ! Prends cinq hommes de ma garde personnelle pour te servir d'escorte !

La garde princière était composée d'elfes rompus à tous les arts de la guerre. Ils étaient de surcroît passés maîtres dans l'art du camouflage. Ils vouaient à la famille royale une dévotion sans limite et leur loyauté aveugle les conduirait à la mort si besoin était.

— Quant à moi, poursuivit le prince, je vais référer à mon père de cette situation alarmante. Une décision rapide s'impose.

— Bien, Seigneur ! dit le farfadet en s'éclipsant promptement afin d'obéir aux ordres reçus.

Après avoir harnaché lui-même son cheval préféré, le prince traversa seul une partie de la forêt menant au château de son père. Pour le récompenser de ses premiers actes de bravoure, le roi Jason avait offert à son fils l'administration d'un fief, ce dont le prince s'acquittait avec tous les honneurs.

Au terme d'une chevauchée lui ayant paru interminable tant la situation était critique, il arriva en vue du château parental.

Son arrivée fut annoncée et un garde le guida au travers du dédale menant à la chambre royale. Il en poussa la porte et vit son père, le visage fermé. Il était manifestement épuisé par tant de nuits de veille et de journées d'attentions.

— Fils, dit le roi, j'ai à te parler. La situation est grave.

Le prince Johan décida de différer ses informations toutes alarmantes qu'elles étaient. L'air abattu de son père n'augurait rien de bon. Il jeta un regard à sa mère qui reposait, allongée, les yeux clos. Son visage ravagé par la maladie paraissait maintenant serein.

— Qu'y a-t-il père ?

— Sois courageux. Ta mère vient de nous quitter.

Le prince souhaitait avoir mal entendu mais il savait en son for intérieur que ce n'était pas le cas.

— De plus, reprit le roi, nous ne pouvons pas rester ici. La situation actuelle ne nous le permet pas.

Il regarda son fils avec tristesse.

— Je sais, dit-il en anticipant la réaction de sa progéniture, ce que tu ressens mais nous n'avons pas le choix. Tu n'ignores pas que Dame Angoisse a rallié le camp ennemi. Elle vient de

remporter le combat grâce à son diabolique allié. Nous sommes seuls maintenant.

Le prince savait que cette décision était pénible mais inéluctable. Il devait donc s'y conformer, quoi qu'il lui en coûte.

— Tu viens Johan ?

L'interpellé tourna la tête. Il disposa convenablement une des potées disposées en souvenir de sa mère avant de se relever.

Son père, les mains enfoncées dans les poches de son manteau, se tenait voûté sous les rafales cinglantes du vent d'automne. Cela faisait maintenant sept ans que sa mère était morte.

Ils montèrent dans la voiture. Sur le chemin du retour, ils passèrent devant l'ancienne demeure familiale.

La maison avait de nouveaux propriétaires maintenant. Mais, dans les arbres du domaine, se dressait encore la cabane que son père lui avait construite. Elle semblait être à l'abandon.

Ce château d'où il gouvernait le royaume d'Oniriande avait piètre allure. Son univers enfantin était complètement dévasté par la guerre qui y avait fait rage. Nulle part, il n'y avait trace des elfes, des lutins ou des farfadets composant l'armée de ses compagnons d'enfance imaginaires.

Le Seigneur Cercan et Dame Angoisse avaient remporté la victoire. Mais la reine Sarah était vivante, quelque part au fond du cœur de son enfant.

Querry's Dephts.

Harris ouvrit les yeux. Il avait du mal à distinguer les contours de la pièce dans laquelle il se trouvait. Un voile rougeâtre obscurcissait sa vision. Un élancement douloureux à l'arrière de la tête lui remit en mémoire le violent coup qu'il avait vraisemblablement reçu à la base du crâne et qui lui avait fait perdre connaissance. Il essaya de porter la main au front et s'aperçut que ses mains étaient prisonnières. Des grosses chaînes métalliques le fixaient solidement au mur de pierre derrière lui. Il remarqua qu'il était enfermé dans une pièce exiguë dont les murs de pierres grises rappelaient les geôles d'autrefois. Il tira sur ses entraves solidement fixées par un anneau en métal incrusté dans la pierre, mais se rendit vite compte qu'il était inutile d'espérer se libérer. Il devait se résoudre à attendre que quelqu'un vienne le chercher. Il se maudissait de n'avoir pas été plus prudent, mais il était trop tard maintenant. Il ferma les yeux et se remémora les circonstances ayant précédé sa venue en ces lieux.

Tout avait commencé quelques jours auparavant.

Harris était un ancien policier à la retraite depuis 3 ans maintenant et ne se voyait pas attendre paisiblement sa dernière heure dans l'inactivité la plus totale. Il avait donc ouvert son bureau de détective privé. Les affaires étaient plutôt florissantes bien que pour la plupart banales et simples à élucider. La grande majorité d'entre elles se résumaient à des faits adultérins. Jusqu'à ce mardi de février où un vieil homme chétif poussa la porte de son bureau. Il s'inquiétait pour sa fille qui avait déménagé plusieurs mois auparavant avec ses enfants à Querry's Dephts, un petit village perdu situé en Caroline du Nord. L'homme avait régulièrement sa fille au téléphone, à une fréquence de deux ou trois appels par semaine, mais n'avait plus aucune nouvelle depuis près d'un mois maintenant. Toutes ses tentatives de contact s'étaient soldées par un échec. Il avait déjà dépêché sur place un autre détective privé dont il n'avait plus eu aucune nouvelle depuis. Ce dernier fait décida Harris à accepter l'affaire. Il en avait un peu marre de faire toujours la même chose et son instinct lui soufflait que le cas qu'on lui soumettait sortait de l'ordinaire. Il décida donc d'accepter d'aider l'homme. Il mena sa petite enquête sur Querry's Dephts et appris qu'il s'agissait d'un village qui tirait son nom d'une catastrophe survenue une décennie plus tôt. Un gros entrepreneur avait voulu exploiter une carrière afin d'en extraire le granit. Il espérait par là même donner un essor économique au village tout en faisant fortune, mais le terrain sur lequel il avait bâti son entreprise était instable et engloutit l'usine d'un seul coup, sans le moindre signe annonciateur du glissement fatal. Des dizaines de personnes perdirent la vie ce jour-là, broyées par les pierres et le bâtiment, engloutis sous des tonnes de gravats. Le village endeuillé avait ensuite été déserté par la grande majorité de la population et seuls quelques anciens irréductibles avaient refusé de quitter les lieux. Cela était vrai jusqu'à il y a deux ans. En poussant ses recherches plus avant, Harris découvrit que l'endroit était devenu maintenant un lieu dans lequel on s'adonnait à la plongée. Une sorte de station fort prisée dans laquelle des plongeurs expérimentés pouvaient venir parcourir les galeries de pierre s'étendant sous l'eau. C'était la raison pour laquelle la fille de son client, restauratrice de son état, avait flairé le bon filon. Elle avait décidé de se mettre à son compte et d'y ouvrir son propre fast-food. Les semaines qui suivirent son emménagement prouvèrent qu'elle avait raison. En période estivale, les gens se pressaient dans le village à nouveau vivant de Querry's Dephts. Tout allait pour le mieux jusqu'à cet étonnant silence. Harris demanda une photo récente des personnes qu'il était censé rechercher. La femme était jolie. Une de ces beautés qui n'ont nul besoin d'artifices pour avoir du charme : blonde, les yeux bleus délavés pétillants et la bouche entourée de petites ridules provoquées par un sourire aisé. Les deux enfants étaient en totale opposition avec leur mère : les cheveux et les yeux noirs corbeau, la mine grave, presque désapprobatrice. Le jour et la nuit.

Harris prit la route le lendemain avec pour seul et unique bagage une valise dans laquelle était entreposée quelques vêtements de rechange. Il sourit lorsque le GPS lui signala que la destination était inconnue. Il allait devoir travailler à l'ancienne, ce qui n'était pas pour lui déplaire. Il n'avait jamais été un fervent adepte de toutes ces technologies modernes dont tout le monde dépendait maintenant. Il repéra aisément son point de chute sur une carte routière. Il se trouvait à un peu moins de trois cents kilomètres. En roulant bien, il y serait dans environ quatre heures, juste avant que le soir ne tombe. Il avait pris soin de vérifier s'il y avait un endroit où loger et découvrit que Quarry's Dephts comportait deux motels. Le contraire l'eut étonné étant donné le caractère touristique de sa destination.

Le soir venu, fourbu par la route, il décida de s'arrêter à un motel juste avant Querry's Dephts. Il demanda une chambre à la réception et put même choisir celle qu'il désirait. L'hôtelier lui dit que c'était la saison creuse et que, par conséquent, les clients ne se bousculaient pas.

— Vous restez pour combien de temps ? demanda l'hôtelier.

— Juste cette nuit, répondit Harris. Je m'en vais demain pour Querry's Dephts.

— Comme beaucoup de personnes de passage ici, sourit l'homme. Laissez-moi deviner : vous êtes plongeur ?

— Absolument pas. Je suis ici pour voir ma fille et mes petits-enfants, déclara innocemment Harris.

Il préférait mentir. Dire ouvertement que l'on est détective privé à quelqu'un était le meilleur moyen d'éveiller la méfiance.

— Regardez comme ils sont mignons, déclara-t-il en exhibant la photographie que lui avait remise son client.

L'homme regarda tandis que Harris guettait une réaction sur son visage. Il n'en fut rien.

— Ils ont l'air d'être de chouettes gamins, déclara l'homme poliment.

— Vous pouvez le dire. Ils n'en ont pas l'air sur la photo, mais ce sont deux petits diables. Ma fille a ouvert un snack il y a deux ans, quand le site a commencé à s'étendre.

— Ah, je vois, dit l'hôtelier. C'est vrai que ça nous change de ces années mortes, commercialement parlant. Cette idée de complexe sportif a relancé les affaires. Avant, nos seuls clients étaient des touristes parcourant le pays. Pour cela, nous sommes bien situés sur la route de Greensboro. Vous savez qu'ils ont la plus grande patinoire en plein air de l'état ? C'est ce qui attirait principalement les touristes. Maintenant, c'est… différent.

— Comment cela ?

— C'est-à-dire… hésita l'homme. Querry's Dephts n'a jamais eu bonne réputation, vous savez.

— Ah bon ? dit Harris en feignant l'ignorance.

Comme la majorité des gens, il savait qu'il suffisait d'aiguillonner un peu l'hôtelier pour qu'il ne devienne intarissable sur le sujet. Il ne put s'empêcher d'esquisser un petit sourire en s'apercevant qu'il ne s'était pas trompé. L'homme commença à lui faire un exposé de l'histoire de Querry's Dephts. Il avait grandi dans la région car son père tenait ce motel avant lui et, tout naturellement, il avait repris l'entreprise familiale. La conversation devint intéressante lorsque l'hôtelier déclara :

— Avant l'accident de la carrière, on appelait ce village Oak's Swamp. Il était situé juste en bordure de l'atlantique. Il a disparu il y a très longtemps.

— Que voulez-vous dire ?

— C'est une vieille légende indienne. Cherokee pour être précis. Selon eux, des êtres maléfiques rodaient près de Oak's Swamp. Ils disaient que c'était un endroit maudit, le siège d'un démon aquatique nommé N'ha-a-itk.

— Jamais entendu parler, dit Harris.

— Je sais ce que vous vous dites, Monsieur. Encore une histoire à dormir debout, mais tout ce que je sais est que cet endroit leur fichait une frousse bleue. Et

Querry's Dephts est bâti juste dessus. Vous pourrez voir, il n'y aura aucun indien travaillant là-bas.

— Nous sommes au 21e siècle maintenant, se contenta de dire Harris.

— Bien sûr. Mais les indiens étaient bien plus à l'écoute de la nature que nous ne l'avons jamais été. Ils vivaient en parfaite harmonie avec les éléments. Je ne crois pas à cette histoire de démon mais il est vrai que la terre remue parfois là-bas. Cela arrive environ tous les dix ans. On croirait que c'est réglé comme une horloge. C'est dû à l'érosion des terres au bord de l'océan mais je vous jure qu'il y a déjà eu des glissements importants.

— Comme celui de la carrière, vous voulez dire.

— Oui. Et comme celui de Old Querry avant lui.

— Old Querry ?

— On nommait de la sorte le petit port de pêche qui a été englouti par les flots au début du 19e siècle.

— Je l'ignorais.

— Il reste encore quelques vestiges du vieux port en contrebas. Le shérif local a barré la route y menant, car des jeunes s'amusaient à y faire des soirées mais, après plusieurs accidents, il a interdit d'y aller.

— Des accidents ?

— Certains ont disparu. Ils ont probablement été engloutis par les flots. Vous savez, la marée monte très vite et qui sait quelles bêtises ils peuvent faire sous l'emprise de l'alcool. Je vous le dis, cet endroit porte la poisse.

— Ça m'en a tout l'air, dit Harris.

— On ne peut rien y construire de solide, continua l'homme comme s'il n'avait pas remarqué son intervention. Quand je vois tous cens jeunes gens s'amusant à faire de la plongée dans la vieille carrière, je prie souvent pour qu'il ne leur arrive rien. Vous savez que la majorité des tunnels souterrains de la carrière se jettent dans la mer ?

— Je l'ignorais.

— C'est comme je vous le dis. Alors, quand je les vois s'amuser à nager là-dedans malgré tous les risques d'éboulement, ça me donne froid dans le dos. Et l'endroit est toujours aussi fréquenté malgré les accidents.

— Quels accidents ?

— Parfois, il arrive qu'un plongeur ne réapparaisse pas. On a beau faire des recherches intensives, on ne retrouve jamais le corps. Emporté par l'océan, certainement.

Harris préféra mettre fin à la conversation. L'homme commençait à se perdre en suppositions de plus en plus fantastiques et cela ne l'aidait en rien pour son enquête. Quoique le fait de savoir la population locale superstitieuse lui disait de mettre des gants pour récolter des renseignements.

Cette nuit-là, Harris dormit comme un loir. Peut-être était-ce dû à la proximité de l'océan, mais il s'était senti comme bercé. C'est donc en pleine forme qu'il reprit la route vers Querry's Dephts. Il passa le jour suivant à enquêter mine de rien. Il avait pris ses appartements dans le seul hôtel ouvert à cette époque de l'année. Il avait souri en découvrant le bâtiment flanqué de ses six bungalows transformés en chambres qui avait été pompeusement appelé « hôtel ». La station touristique n'était en fait qu'un rassemblement de construction en pierre et en bois comportant un débit de boisson, une petite épicerie mal achalandée et une construction plus grande que les autres dans laquelle on louait le matériel de plongée et le petit restaurant qu'était censée tenir la fille de son client. Il s'y était rendu et avait constaté avec stupeur que le commerce était à l'abandon. D'après les plaques de bois apposées sur les fenêtres et le mur de l'arrière détruit – « une explosion de bonbonne de gaz » avait-il appris sans qu'on puisse lui dire quand elle était survenue – cela ne datait pas d'hier. Le complexe touristique, comme l'avait nommé son client, ressemblait plus à une ville fantôme qu'autre chose. Il avait du mal à imaginer l'endroit rempli de vacanciers rigolards en pleine saison tant le sentiment d'isolement était grand.

Après une première nuit peuplée de rêves cauchemardesques, Il s'était rendu le matin au bureau du shérif situé à cinq kilomètres en aval de la station. Il s'était dopé à grands coups de tasses d'un café infâme servi par l'hôtel afin de chasser la fatigue qui engourdissait ses muscles et son esprit. Il avait été reçu froidement par un homme à l'âge indéfinissable, mais à la stature robuste et aux manières rudes. Il s'exprimait comme toutes les personnes qu'il avait croisées depuis son arrivée : une manière lente presque sifflante de prononcer les mots et d'appuyer sur les syllabes. Il n'avait pu s'empêcher de penser à un serpent ayant appris le langage des humains. Il s'était fait également passer pour le père de la restauratrice auprès du shérif en lui faisant part de son inquiétude. L'homme de loi lui avait alors répliqué qu'elle avait quitté les lieux quelques semaines auparavant. L'accident survenu à son établissement l'empêchait de continuer ses activités et elle avait décidé de tenter sa chance ailleurs. Énervé par les questions insistantes de Harris, il lui avait déclaré qu'il n'avait aucune idée d'où elle pouvait se trouver et que, de toute façon, il n'en avait rien à faire car cela ne se trouvait pas sur sa juridiction. Il lui avait alors dit de prendre ses cliques et ses claques et d'aller voir dans les villes voisines, clôturant la conversation par une allusion comme quoi un citadin n'allait pas lui apprendre son travail. Il avait alors failli frôler l'apoplexie lorsque Harris avait déclaré qu'il avait l'intention de visiter les vestiges de l'ancien village en prétextant que sa fille aurait très bien pu s'y aventurer afin de jeter un dernier coup d'œil à l'océan avant de repartir. Peut-être avait-elle eu un accident ? Le shérif l'avait alors purement et simplement menacer de le coffrer pour sa propre sécurité.

Il ne fallait pas être grand clerc pour se rendre compte que quelque chose clochait. Harris pensa immédiatement à un trafic d'êtres humains. Après tout, plusieurs choses pouvaient le laisser supposer. L'endroit en bordure de l'océan était idéalement placé pour cela. De plus, lors de sa première étape juste avant de venir sur place, l'hôtelier avait fait état de plusieurs disparitions. Peut-être était-ce tout simplement des enlèvements maquillés en accidents ? Il fallait qu'il en ait le cœur net.

À la nuit tombée, il s'était donc rendu dans l'ancien village au bord de l'océan. Les maisons de pierres grises étaient grande majorité détruites et les ruelles étroites jonchées de gravats. Il entreprit néanmoins de fouiller les décombres plus avant à la recherche d'un indice pouvant étayer son hypothèse. Il avait la désagréable sensation d'être observé, mais il avait beau regarder autour de lui, il ne voyait personne. Peut-être était-ce dû à l'ambiance fantasmagorique des lieux. Le ressac hypnotique associé à la clarté lunaire jouait sur ses nerfs. Il avait une telle impression de désolation en cet endroit. Il venait de pénétrer dans l'une des bâtisses lorsqu'il reçut un violent coup à l'arrière du crâne.

La porte s'ouvrit, livrant passage au shérif. Il était suivi par deux hommes vêtus d'une sorte de robe de moine dont le capuchon masquait leurs visages.

— Monsieur Harris, dit-il. Vous n'avez pas pu vous empêcher de fouiller alors que je vous avais prévenu.

— Je ne suis pas sûr que tout cela soit légal, commença-t-il.

— Légal ? sourit l'homme. La légalité n'a pas cours ici, Monsieur Harris. Du moins pas les mêmes lois que chez vous, les humains.

Harris regarda le shérif en se demandant quelle folie avait cours ici.

— Libérez-le, dit le shérif aux cerbères l'accompagnant.

En quelques secondes, Harris fut libéré de ses chaînes.

— Ne tentez pas de vous enfuir, dit le shérif. Ce serait peine perdue. De toute façon, vous vouliez savoir ce qui est arrivé à Madame Elciar, n'est-ce pas ? Vous savez, celle que vous disiez être votre fille ?

Il balaya de la main la velléité de réponde de Harris en disant :

— Ne vous acharnez pas à mentir, Monsieur Harris. Nous avons fouillé vos affaires à l'hôtel. Vous êtes un minable détective privé. Un de plus ou un de moins ne change rien pour nous. Vous finirez comme les autres.

Suivez-moi maintenant. Nous allons satisfaire votre curiosité.

Ils guidèrent Harris le long de couloirs de pierre éclairés par des torches disposées çà et là. Harris eut la désagréable impression de s'enfoncer sous terre tant la pente était accentuée à certains endroits. Il se tourna vers les gardes le suivant et constata avec stupeur qu'ils paraissaient plus glisser sur le sol que marcher comme des humains. Un frisson d'angoisse le fit tressaillir. Il se demandait dans quoi il avait mis les pieds. Il fallait qu'il s'échappe maintenant. Confiants, ses geôliers n'avaient pas pris la peine de lui lier les mains. Il fallait qu'il en profite maintenant. Il fit une brusque volte-face et poussa de l'épaule l'un des gardes. Malgré la charge puissante, ce dernier ne bougea pas d'un centimètre, mais il attrapa le bras de Harris qui poussa un hurlement d'épouvante en voyant la main de l'homme. Il n'y avait ni paume ni doigts. Juste trois tentacules visqueux qui enserraient son poignet avec une force démesurée. Harris se débattit et porta un coup de poing au visage du second garde. Les traits de celui-ci parurent glisser de côté, révélant le vrai visage du monstre derrière le masque de peau humaine : une face inexpressive de mollusque. C'était comme si un gigantesque escargot avait appris à marcher comme les hommes.

— Qu'est-ce que vous êtes ? balbutia Harris qui sentait la terreur lui nouer les entrailles.

Les gardes le forcèrent à avancer tandis que le shérif répondait, goguenard :

— Nous sommes Ses enfants.

— Ses enfants ? C'est quoi cette folie ! Les enfants de qui ?

— Du grand Rêveur. Il dort ici, attendant son heure ! Bientôt, il s'éveillera et parcourra le monde ! En attendant, nous le nourrissons. Nous veillons à ce que rien ne lui arrive. Regardez ! Voici notre Dieu !

Ils débouchèrent dans une immense grotte souterraine emplie d'eau noirâtre. Une centaine de formes encapuchonnées psalmodiaient des paroles inintelligibles le long de la surface sombre.

— Vous vouliez savoir ce qui est arrivé à Madame Elciar ? Elle se trouve juste là.

La forme encapuchonnée la plus proche se tourna vers eux comme si la mention de son nom avait éveillé en elle un lointain souvenir. Elle tenait par la main deux êtres plus petits dont les masques de leur vie d'avant paraissaient posés de travers. Elle se détourna ensuite d'eux et continua sa litanie avec les autres. Les voix s'élevaient, plus fortes, puissantes, comme s'ils appelaient quelque chose qui se trouvait sous l'eau. La terre se mit à gronder et les eaux à gonfler comme si quelque chose de monstrueux en sortait.

Lorsque le visage de l'être creva la surface noire qui le masquait, Harris hurla. Un visage monstrueux, reflet du mal absolu. Une créature aquatique dont le regard paraissait si ancien qu'il datait d'avant les dieux des hommes.

Il comprenait maintenant ce que les formes au bord du lac hurlaient en chœur :

— Cthulhu ! Cthulhu !

Harris hurla de plus belle tandis qu'on le poussait inexorablement vers le Grand Ancien.

Zombie Love

22 janvier 1895.

Bernard Leblanc quitta son domicile vers 21 h 54, heure qu'indiquait la montre que lui avait offert son épouse deux mois auparavant pour son anniversaire. Si seulement il avait su qu'il s'agissait là de la dernière occasion qu'il aurait de fêter quelque chose avec elle, il en aurait plus profité. Il aurait gravé chaque seconde des derniers jours au fond de sa mémoire. Marie, sa tendre épouse, était morte un mois auparavant en mettant la petite Émilie au monde. Leur enfant. Le fruit d'un amour si fort que Bernard n'aurait jamais imaginé, ne serait-ce qu'une fraction de seconde, qu'il puisse s'arrêter de la sorte. Aussi brutalement. Leur bonheur avait été foudroyé sur place lorsque Marie était morte en couche. Comme si cela ne suffisait pas, le malheur avait décidé que Émilie devait suivre sa maman dans la tombe moins d'une heure après sa naissance. Cet enfant tant désiré, que Bernard n'avait même pas eu l'occasion de serrer dans ses bras, était à présent aux côtés de

Dieu. Mais Bernard ne croyait plus en Lui désormais. Quel Dieu pouvait permettre de telles choses sans intervenir ? N'avait-Il pas de criminels, de voleurs et de mécréants à s'occuper ? Non ! Ceux-là étaient toujours aussi libres que l'air. Bernard n'était plus que rage et désespoir.

En cette soirée, comme chacune ayant suivi l'enterrement, il se rendait sur la tombe familiale. Celle-là même qui était surmontée d'une pierre gravée aux noms de son épouse et de sa fille, mais à laquelle il manquait encore la dalle de marbre, Bernard n'ayant pas encore assez d'argent pour pouvoir la payer tant c'était onéreux. Les cercueils étaient enfouis côte à côte dans leur dernière demeure de terre glaise. Celle dans laquelle il serait lui-même enseveli à son dernier soupir. Délivrance à laquelle il aspirait car, depuis ce tragique événement, la vie lui paraissait être un fardeau.

Il erra donc parmi les rues tout en se dirigeant vers le cimetière communal. En cette froide nuit d'hiver, il n'y avait pas un chat dehors. Il tombait des cordes, mais Bernard n'en avait cure. Que lui importait de tomber malade, lui qui n'aspirait qu'à être emporté dans la tombe. Il n'avait plus nulle famille et aucun but à poursuivre. Ses sombres pensées l'accompagnèrent jusqu'à l'enceinte du cimetière. Au fur et à mesure qu'il avançait, il entrevoyait le haut des grands caveaux de famille. Leurs propriétaires les avaient voulus aussi somptueux que leur propre demeure, comme s'ils espéraient garder leur statut social par-delà la mort.

« Qui sait », songea Bernard, « peut-être les asticots apprécient-ils le luxe ? »

Cette pensée aussi macabre que cynique lui arracha une ébauche de sourire.

Il fit le tour de l'enceinte. La porte principale était bien évidemment fermée à cette heure nocturne et il serait contraint d'enjamber le muret situé à l'arrière. De là, personne ne pourrait le voir s'introduire en ces lieux. Il se hissa sur le muret, à l'endroit où il s'était en partie effondré, et pénétra dans le cimetière.

Les graviers de l'allée crissaient sous ses pas, insectes de pierres s'écriant sous son passage. La nuit était sombre et la pluie clapotait sur les dalles de marbre ou de pierre, projetant ses gouttelettes en tous sens. L'obscurité ne le gênait pas outre mesure tant il était habitué des lieux. Il connaissait par cœur le chemin menant à la tombe de son épouse et de son enfant.

Alors qu'il allait obliquer à droite à la dernière bifurcation, une lumière jaunâtre voletant à proximité de la sépulture de sa femme le fit s'arrêter. Il plissa les sourcils afin d'en distinguer l'origine au travers de la pluie drue. Il pensa d'abord sottement à un feu follet pour ensuite s'apercevoir qu'il s'agissait d'une lanterne ballottée par le vent. Bernard resta figé comme cela de longues secondes. Ce n'était sûrement pas le gardien du cimetière car, d'où il se trouvait, il en voyait la maison aux lumières éteintes. Il s'approcha prudemment en vit un homme penché avec une pelle en main.

Un pilleur de tombe ! Un de ces maudits voleurs qui, au profit de la nuit, fouillaient les cercueils afin d'enlever des dépouilles les objets de valeur pour ensuite aller les revendre ! Un de ces charognards dont la presse évoquait la recrudescence en ces temps difficiles ! À la pensée que l'on put violer le tombeau de sa bien-aimée, Bernard fut empli d'une rage qui le poussa à s'élancer sur l'homme. Il lui tomba dessus sans prévenir et commença à le frapper. Le voleur qui ne l'avait ni vu ni entendu venir fut pris au dépourvu et fut incapable de se défendre. Bernard le roua de coups tantôt au visage, tantôt à la poitrine. Il frappait à l'aveugle, laissant libre cours à la colère qui l'habitait depuis de nombreux jours. L'autre ne pouvait que se débattre et tenter d'esquiver.

Mais la rage aveugle de Bernard s'arrêta d'un coup. Une violente douleur fulgurante à l'arrière du crâne le laissa la tête première dans la terre détrempée. Cette évidence s'imposa à son cerveau proche de l'extinction : le malandrin avait un comparse. Le complice laissa tomber la pelle avec laquelle il avait frappé Bernard et se porta au secours de son ami. Il l'aida à se relever et, sous le regard de Bernard qui se voilait lentement, les assassins prirent la fuite.

Le sang s'écoulant de la plaie béante à l'arrière du crâne de Bernard se mêla à la terre recouvrant la tombe de ses amours et la pluie l'aida à se diluer dans les profondeurs.

Si quelqu'un avait assisté à la scène qui s'ensuivit, il aurait constaté avec effroi que la surface du terrain commençait à remuer aux côtés de Bernard. La terre s'entrouvrit, laissant une main décharnée se frayer un passage à l'air libre, bientôt suivi par le corps tout entier. Le corps décharné, vêtu d'une robe aux couleurs fanées par le séjour souterrain, se pencha sur le cadavre de Bernard. Elle lui effleura le visage de ses longs doigts nécrosés en un geste de tendresse et releva soudain la tête pour laisser échapper un hurlement rauque, guttural. Alors, la chose se redressa et, d'une démarche hésitante, remonta l'allée du cimetière. Elle donnait l'impression de savoir exactement où aller.

De l'autre côté du cimetière, les deux comparses s'étaient remis de leur frayeur.

— Tu l'as tué ! s'exclama le premier, petit et trapu dont la casquette rivée sur le crâne ne parvenait pas à masquer la calvitie.

— Je n'avais pas le choix, s'exclama le deuxième, grand et mince au visage osseux et aux yeux renfoncés dans les orbites. Je n'ai pas réfléchi.

— Tu pouvais frapper moins fort ! Piller des tombes, passe encore, mais là… Tu te rends compte que tu as tué quelqu'un ? s'énerva-t-il.

— Calme-toi ! Tu devrais plutôt me remercier ! Sans moi, c'est toi qui serais à sa place ! Et je n'ai pas voulu le tuer, juste l'assommer ! J'ai frappé trop fort, c'est tout !

— Tu iras expliquer ça aux condés !

— Qui te dit qu'ils seront au courant ? Regarde

autour de toi ! Personne ne nous a vus à part cet imbécile ! Et il n'est plus en état de parler ! On n'a qu'à le mettre dans la tombe et puis c'est tout !

— T'es malade ?

— Que veux-tu faire d'autre ? Écoute, on retourne là-bas, on prend les bijoux de la morte et on y balance le cadavre de l'autre type. Ni vu ni connu. Personne ne pourra remonter jusqu'à nous !

L'autre ne dit plus rien. L'idée semblait faire son chemin dans son esprit. Bien sûr, cette façon d'agir le répugnait, mais c'était assurément la meilleure solution. Il finit donc par céder.

Les deux hommes se remirent en route, bien décidés à terminer leur sale besogne. Soudainement, le plus petit s'arrêta et murmura à son ami :

— Tu as entendu ?

L'interpellé s'arrêta à son tour et tendit l'oreille quelques secondes.

— Il n'y a rien du tout ! conclut-il finalement en se tournant vers son complice. C'est la peur qui te joue des tours ! Allez, suis-moi !

Il tourna les talons et s'immobilisa devant une vision de cauchemar. Devant lui, au milieu de l'allée, avançait une forme dégingandée. La pluie ne parvenait pas à masquer le visage en pleine décomposition de la chose qui se dirigeait vers lui. Tétanisé par la peur, l'homme était incapable de faire le moindre mouvement. Lorsque la chose se jeta sur lui, le projeta au sol et lui planta les dents dans le cou, lui arrachant les chairs, son hurlement déchira la nuit.

— Aide-moi, hurlait-il à son complice qui, déjà, s'enfuyait à toutes jambes.

Jacques Tourneur ne tarda pas à mourir étouffé par son sang tandis que la créature, emplie d'une rage démente, poursuivait son éviscération. Lorsque l'homme ne fut plus qu'une dépouille sanguinolente, elle reprit sa progression à travers le cimetière. Sur les traces du fuyard.

23 janvier 1895.

L'inspecteur Grivet, le chapeau melon à la main, se grattait le cuir chevelu. Il n'avait pas de mal à reconstituer l'affaire mais il subsistait une inconnue. À ses côtés, le gardien du cimetière tremblait de tous ses membres, encore sous le choc de sa macabre découverte.

— Et vous n'avez rien entendu ? lui demanda pour au moins la cinquième fois l'inspecteur.

— Non, rien du tout, répliqua à nouveau l'homme. Je les ai trouvés tels quels ce matin avant de vous faire quérir.

— Récapitulons, dit l'inspecteur en soupirant. Nous avons ici Monsieur Leblanc dont la tombe de l'épouse et de la fille, décédées un mois auparavant, a été violée. Selon toute vraisemblance, un coup violent sur le crâne est à l'origine de son décès. Probablement avec cette pelle, déclara-t-il encore en désignant l'outil sur le sol. Vous me disiez que vous saviez très bien que ce monsieur avait l'habitude de s'introduire dans le cimetière de nuit pour se recueillir sur la tombe de son épouse. C'est cela ?

— C'est cela, inspecteur, confirma le gardien.

— Et vous le laissiez faire ?

— Pourquoi l'en aurais-je empêché ? Ce pauvre homme n'était plus que souffrance ! Vous vous rendez compte ? Perdre sa femme et son enfant le même jour ?

— Votre humanité s'apparente à une faute. Vous le savez au moins ? le sermonna l'inspecteur.

Le gardien resta silencieux.

— Soit, reprit l'inspecteur. Venez avec moi, lui dit-il.

Ils remontèrent l'allée et s'arrêtèrent au pied du cadavre de Jacques Tourneur.

— Nous avons ici le corps de Monsieur Tourneur, bien connu des services de police. Tellement mutilé qu'il n'a pu être identifié que grâce à ses papiers. Aucune profession, mais exerce l'activité de détrousseur de cadavre généralement en compagnie de Jean Leviret. Vous avez une explication quant à ce qui aurait pu lui arriver ? demanda l'inspecteur au gardien.

— Pas la moindre, je vous le répète. Seul un animal sauvage pourrait faire un tel carnage !

— Un animal sauvage en plein Paris ?

— Peut-être qu'un fauve s'est échappé du zoo ?

— Non, c'est la première piste que j'ai fait vérifier. Il ne manque aucun pensionnaire.

— Peut-être que son complice pourrait vous renseigner ?

— Justement non. Mes hommes l'ont trouvé ce matin à son domicile dans le même état que ce malheureux. Et ce n'est pas la chose la plus bizarre.

— Quelle chose ? demanda le gardien.

Un fait qui écarte définitivement la thèse de l'animal. On a retrouvé des empreintes menant à son cadavre. Le pauvre hère a été trucidé dans son salon. On l'a retrouvé la poitrine déchiquetée et la tête arrachée. Autour de lui, la moquette était imprégnée de traces de pas boueuses. Des empreintes de pieds nus. Impossible de les suivre dehors, la pluie qui s'est abattue toute la nuit les a effacées.

Une voix retentit derrière eux, coupant l'inspecteur. C'était l'un des ouvriers qui s'affairaient à remettre en l'état la tombe profanée. L'inspecteur se demandait ce qui avait bien pu faire pâlir l'homme à ce point. Il s'approcha et, lorsqu'il contempla le caveau, il sentit son cœur se soulever.

Le cadavre de l'épouse de Bernard Leblanc tenait sur sa poitrine la tête manquante de Jean Leviret.

L'inspecteur avait la désagréable impression que les lèvres rougies de la défunte étaient figées sur un sourire.

Biographie

Né en Belgique en 1970, Frédéric Livyns est très tôt attiré par le fantastique et s'y adonne avec passion depuis de nombreuses années. Il est l'auteur de plusieurs romans et recueils de nouvelles, tant pour les adultes que pour un lectorat plus jeune. On le retrouve également au sommaire de nombreuses anthologies consacrées à la SFFF.

Il a été lauréat à trois reprises du prestigieux Prix Masterton dans la catégorie Nouvelles en 2012 avec *Les contes d'Amy*, en 2015 avec *Sutures* et en 2018 avec *The dark gates of terror* et a été élu en 2020 « Meilleur auteur francophone de fantastique de la décennie 2010 - 2020» par le Jury du Prix Masterton.

Depuis 2017, il écrit des histoires fantastiques pour les enfants sous le pseudonyme de Livéric. Il a également scénarisé le court-métrage The friend pour Cantina Studio, tourné à Paris en avril 2018

Printed in France by Amazon
Brétigny-sur-Orge, FR

14100234R00137